빗방울 목걸이

A Necklace of Raindrops and Other Stories

제러미와 매리앤에게

빗방울 목걸이

1판 1쇄 펴낸 날 2024년 12월 24일
글 존 에이킨 **그림** 얀 피엔코프스키 **옮김** 햇살과나무꾼
편집 우순교 **디자인** 박정아
펴낸이 강무홍 **펴낸곳** 햇살과나무꾼
출판등록 2009년 7월 8일 (제313-2004-54호)
주소 서울시 영등포구 당산로54길 11 상가 305호
전화 02-324-9704
전자우편 namukun@namukun.com
ISBN 979-11-987725-5-8 73840

A NECKLACE OF RAINDROPS AND OTHER STORIES

빗방울
목걸이

존 에이킨 글
얀 피엔코프스키 그림
햇살과나무꾼 옮김

햇살과나무꾼

차 례

빗방울 목걸이

존스 씨는 아내와 바닷가에서 살았어요. 폭풍이 불던 어느 날 밤, 존스 씨는 마당에 나왔다가 대문 옆 호랑가시나무가 휘청휘청 흔들리는 것을 보았어요.

누군가가 소리쳤어요.

"도와줘요! 나무에 걸렸어요! 도와줘요, 나를 그냥 두면 밤새도록 폭풍이 멎지 않을 거예요."

존스 씨는 깜짝 놀라 호랑가시나무 쪽으로 가 보았어요. 긴 잿빛 망토를 걸치고 긴 잿빛 수염을 기른 키큰 남자가 나무에 걸려 있었는데, 두 눈이 믿기지 않을 만큼 반짝거렸어요.

존스 씨가 물었어요.

"누구시죠? 남의 나무에서 뭘 하십니까?"

"보다시피, 나무에 걸렸잖아요. 나를 구해 주지 않으면 폭풍이 밤새도록 멎지 않을 겁니다. 나는 북풍인데, 폭풍을 날려 보내는 일을 합니다."

존스 씨는 북풍을 호랑가시나무에서 빼내 주었어요. 북풍의 손은 얼음처럼 차가웠어요.

북풍이 말했어요.

"고맙습니다. 망토가 찢어지긴 했지만, 뭐 괜찮아요. 도와주셨으니, 이제 은혜를 갚겠습니다."

존스 씨가 말했어요.

"저는 필요한 게 없는데요. 우리 부부에게도 딸아이가 생겼거든요. 막 태어났죠. 우리는 남부럽잖게 행복하답니다."

북풍이 말했어요.

"그럼 내가 아기의 대부가 되어 드리죠. 아기 선물로는 이 빗방울 목걸이를 드리겠습니다."

북풍은 잿빛 망토에서 아주 멋진 은 목걸이를 꺼냈어요. 목걸이에는 반짝반짝 빛나는 빗방울 세 개가 달려 있었어요.

북풍이 말했어요.

"이 목걸이를 아기 목에 걸어 주세요. 빗방울 때문에 아기가 젖지는 않을 겁니다. 빗방울이 목걸이에서 떨어지지도 않을 거고요. 해마다 아기의 생일이 되면, 빗방울을 하나씩 더 갖다드리겠습니다. 빗방울이 네 개가 되면, 아기는 억수같이 쏟아지는 빗속에서도 젖지 않을 겁니다. 빗방울 다섯 개가 모이면, 천둥 번개에도 끄떡없을 거고요. 빗방울이 여섯 개가 되면, 가장 센 바람에도 날려가지 않을 겁니다. 빗방울이 일곱 개가 되면, 깊디깊은 강에서도 헤엄칠 수 있고요. 빗방울 여덟 개가 모이면, 넓디넓은 바다도 헤엄쳐 건널 수 있을 거예요. 빗방울이 아홉 개 모이면, 손뼉을 쳐서 비를 그치게 할 수 있습니다. 그리고 빗방울 열 개가 모였을 때는, 코를 풀어 비를 내리게 할 수 있죠."

11

존스 씨가 소리쳤어요.

"그만, 그만이요! 그 정도만 해도 어린아이한테는 충분해요."

북풍이 말했어요.

"나도 그만할 셈이었어요. 참! 아기가 절대로 목걸이를 빼면 안 됩니다. 그러면 불행한 일이 생길 거예요. 자 그럼, 나는 폭풍을 날려 보내러 가 봐야겠군요. 아기의 다음 생일에 네 번째 빗방울을 갖고 돌아오겠습니다."

북풍은 하늘로 휘잉 날아오르더니, 먹구름을 날려 보내고 달과 별이 환히 빛나게 해 주었어요.

존스 씨는 집으로 들어가, 빗방울 세 개가 달린 목걸이를 아기의 목에 걸어 주었어요. 아기의 이름은 로라였죠.

일 년이 금방 지나갔어요. 북풍이 바닷가의 그 작은 집을 다시 찾아왔을 때 로라는 길 수 있었고, 반짝반짝 빛나는 빗방울 세 개를 가지고 놀 수 있었어요. 하지만 절대로 목걸이를 빼지는 않았답니다.

북풍한테 네 번째 빗방울을 받고 나서, 로라는 억수 같이 쏟아지는 빗속에서도 젖지 않았어요. 엄마가 로라를 유모차에 태워 마당에 내놓으면 지나가던 사람들은 이렇게 말했죠.

"저 불쌍한 아기 좀 봐. 이 빗속에 나와 있네. 감기 걸리겠다!"

하지만 꼬마 로라는 보송보송해서 좋기만 했어요. 로라는 빗방울을 가지고 놀기도 하고, 하늘을 날아다니는 북풍 대부님에게 손을 흔들어 주기도 했답니다.

이듬해에 북풍은 로라에게 다섯 번째 빗방울을 가져다주었어요. 그다음 해에는 여섯 번째 빗방울을 가져다주었고요. 또 그다음 해에는 일곱 번째 빗방울을 가져다주었어요. 이제 로라는 아무리 거센 폭풍이 불어도 끄떡없었고, 연못이나 강에 빠져도 깃털처럼 떠다녔어요. 그리고 여덟 번째 빗방울이 생기자, 아무리 넓은 바다도 헤엄쳐서 건널 수 있었죠. 물론 로라는 집에서 행복하게 살고 있었기 때문에 바다를 건널 생각이 눈곱만치도 없었답니다.

빗방울이 아홉 개가 되었을 때, 로라는 손뼉을 쳐서 비를 그치게 할 수 있었어요. 덕분에 그 바닷가는 화창한 날이 아주아주 많았답니다. 그렇다고 로라가 비 오는 날마다 손뼉을 친 건 아니에요. 하늘에서 은빛 물방울들이 솔솔 내려오는 것도 보기 좋았거든요.

이제 로라는 학교에 다닐 나이가 되었어요. 아이들이 로라를 얼마나 좋아했다고요!

"로라야, 로라야, 비를 그치게 해 줘. 우리가 나가서 놀 수 있게."

아이들이 소리치면, 로라는 늘 아이들을 위해 비를 그치게 해 주었답니다.

하지만 메그라는 아이는 이렇게 생각했어요.

'불공평해. 왜 로라만 저 예쁜 목걸이로 비를 멈출 수 있지? 나는 왜 저런 목걸이가 없는 거야?'

그래서 메그는 선생님한테 "로라가 목걸이를 하고

있어요." 하고 일렀어요.

선생님이 로라에게 말했어요.

"학교에서는 목걸이를 하면 안 된단다. 학교의 규칙이야."

로라가 말했어요.

"하지만 목걸이를 빼면 불행한 일이 생긴댔어요."

"절대 그런 일 없을 거야. 수업이 다 끝날 때까지 선생님이 목걸이를 상자 안에 잘 넣어 둘게."

선생님이 목걸이를 받아 상자에 넣었어요.

그런데 그 상자를 어디에 두는지 메그가 보았답니다. 아이들이 모두 밖에서 놀고 선생님이 점심을 먹고 있을 때, 메그는 재빨리 상자에서 목걸이를 꺼내 주머니에 넣었어요.

목걸이가 없어진 것을 알고 선생님은 몹시 속이 상했어요.

선생님이 물었어요.

"누가 로라의 목걸이를 가져갔니?"

하지만 아무도 대답하지 않았어요.

메그는 주머니에 손을 찔러 넣고 목걸이를 꼭 움켜쥐고 있었죠.

가엾은 로라는 집으로 돌아가는 내내 엉엉 울었어요. 바닷가를 걸어가는 로라의 뺨에 눈물이 빗물처럼 흘러내렸어요.

로라가 울먹였어요.

"아, 목걸이를 잃어버렸다고 하면, 대부님께서 뭐라고 하실까?"

그때 물고기 한 마리가 바다에서 머리를 내밀고 말했어요.

"로라야, 울지 마. 내가 파도에 휩쓸려 모래밭에 던져졌을 때 네가 나를 바다에 도로 넣어 주었잖아. 내가 너를 위해 목걸이를 찾아 줄게."

새 한 마리가 날아와 소리쳤어요.

"울지 마, 로라야. 내가 폭풍에 휩쓸려 너희 집 지붕에 날개를 부딪쳤을 때 네가 날 구해 주었잖아. 나도 너를 위해 목걸이를 찾아 줄게."

생쥐 한 마리가 쥐구멍에서 빼꼼 머리를 내밀고 말했어요.

"울지 마, 로라야. 내가 강에 빠졌을 때 네가 나를 구해 주었잖아. 나도 너를 위해 목걸이를 찾아 줄게."

로라가 눈물을 닦고 물었어요.

"어떻게 찾을 건데?"

물고기가 말했어요.

"나는 바다 밑을 찾아볼게. 내 형제들한테도 도와 달라고 할 거야."

새가 말했어요.

"나는 날아다니면서 들판이랑 숲이랑 길을 살펴볼게. 내 형제들한테도 도와 달라고 할 거야."

생쥐가 말했어요.

"나는 집들을 살펴볼게. 내 형제들한테 온 세상 모든 방과 벽장을 구석구석 뒤져 보라고 부탁할 거야."

그리고서 물고기와 새와 생쥐는 목걸이를 찾으러 갔

어요.

로라가 세 친구와 이야기하는 동안, 메그는 무엇을 하고 있었을까요?

메그는 목걸이를 목에 걸고 세찬 빗속으로 걸어 들어가 보았어요, 하지만 비에 쫄딱 젖고 말았답니다! 메그가 비를 그치게 하려고 손뼉을 쳐도, 비는 시치미를 뚝 뗐어요. 오히려 더 세차게 내리기만 했죠.

목걸이는 진짜 주인의 말이 아니면 듣지 않거든요.

메그는 화가 났어요. 그래도 목걸이를 계속 하고 있다가 아빠한테 들키고 말았죠.

메그 아빠가 물었어요.

"그 목걸이 어디서 났지?"

"길에서 주웠어요."

메그가 둘러댔어요. 당연히 거짓말이죠!

"아이들이 하기에는 너무 좋은 목걸이다."

메그 아빠는 그렇게 말하고는 목걸이를 빼앗아 버렸어요. 그런데 벽에 난 구멍으로 조그만 생쥐가 엿보고 있는 줄은 꿈에도 몰랐답니다.

생쥐는 친구들에게 쪼르르 달려가 목걸이가 메그네 집에 있다고 알렸어요. 그러고는 목걸이를 가져오려고 친구 생쥐 열 마리와 함께 메그네 집으로 갔어요. 하지만 메그네 집에 가 보니, 목걸이가 온데간데없지 뭐예요. 메그 아빠가 큰돈을 받고 은장이에게 목걸이를 팔아 버렸거든요. 이틀 뒤, 한 생쥐가 은장이네 가게에서 목걸이를 발견하고 곧장 친구들에게 알렸어요. 하지만 생쥐들이 찾으러 가기도 전에, 은장이가 상인에게 목걸이를 팔아 버렸어요. 그 상인은 아라비아의 공주님께 드릴 진귀한 생일 선물을 사러 다니고 있었어요.

이번에는 새가 목걸이를 발견하고 날아와 로라에게 알려 주었어요.

"목걸이는 배 안에 있어. 바다 건너 아라비아로 가는 배야."

물고기들이 말했어요.

“우리가 배를 쫓아갈게. 그리고 배가 어디로 가는지 알려 줄게. 우리만 따라와!”

하지만 로라는 물가에 서 있기만 했어요.

“목걸이가 없는데, 어떻게 바다를 건너?”

로라가 울먹이자, 돌고래가 말했어요.

“내 등에 태워 줄게. 내가 배고플 때 네가 맛있는 걸 던져 주곤 했잖아.”

그래서 로라는 돌고래를 타고 갔어요. 앞에서는 물고기들이 헤엄쳐 가고, 하늘에서는 새들이 날아갔죠. 그렇게 며칠이 지나 로라와 친구들은 아라비아에 도착했어요.

물고기들이 새들에게 소리쳤어요.

“목걸이는 지금 어디 있어?”

“아라비아의 임금님한테. 내일 임금님이 공주님한테 생일 선물로 줄 거래.”

로라가 말했어요.

“내 생일도 내일인데. 아아, 대부님이 열 번째 빗방

울을 주러 오셨다가 목걸이가 없는 걸 알면 뭐라고 하실까?"

로라는 새들을 따라 임금님의 정원으로 들어갔어요. 그리고 밤새 야자수 그늘에서 잠을 잤어요. 정원의 풀은 하나같이 바싹 말라 있고, 꽃은 죄다 누릇누릇했어요. 날씨가 몹시 더운 데다 일 년 동안이나 비가 오지 않았기 때문이에요.

이튿날 아침, 공주님이 선물을 풀어 보려고 정원으로 들어왔어요. 공주님은 멋진 선물을 많이 받았어요. 노래하는 꽃, 초록빛과 은빛 깃털을 가진 새들이 가득 들어 있는 새장, 끝없이 책장을 넘길 수 있어 영원히 읽을 수 있는 책, 실뜨기 놀이를 할 줄 아는 고양이, 거미줄로 짠 은빛 드레스와 금붕어 비늘로 만든 금빛 드레스, 진짜 뻐꾸기가 시간을 알려 주는 시계와 커다란 분홍빛 조개껍데기로 만든 배도 있었답니다. 그리고 이 모든 선물들 사이에 로라의 빗방울 목걸이가 있었어요.

로라가 빗방울 목걸이를 보고 야자수 그늘에서 뛰쳐
나가며 소리쳤어요.

"아아, 그 목걸이는 제 거예요!"

아라비아의 임금님은 화가 났어요.

"이 여자아이는 누구냐? 누가 내 정원에 들였지? 냉
큼 끌고 나가 바다에 던져 버려라!"

하지만 예쁜 꼬마 공주님이 "잠깐만요, 아버지." 하
고 말하고는 로라에게 물었어요.

"어째서 이게 네 목걸이라는 거야?"

"대부님께서 나한테 준 선물이니까! 이 목걸이를 하
고 있으면 나는 비를 맞아도 젖지 않고, 폭풍이 몰아
쳐도 끄떡없고, 어떤 강과 바다도 헤엄쳐서 건널 수
있어. 게다가 비를 그치게 할 수도 있는걸."

임금님이 물었어요.

"혹시 비가 내리게 할 수도 있니?"

로라가 대답했어요.

"아직은 못 해요. 대부님한테 열 번째 빗방울을 못

받았거든요."

임금님이 말했어요.

"비를 내리게 할 수 있다면, 너에게 이 목걸이를 주마. 우린 비를 애타게 기다리고 있거든."

로라는 슬펐어요. 열 번째 빗방울을 얻기 전에는 비를 내리게 할 수 없었거든요.

바로 그때 북풍이 임금님의 정원으로 날아왔어요.

"여기 있었구나, 아가! 네 생일 선물을 주려고 온 세상을 찾아다녔단다. 목걸이는 어디에 있지?"

가엾은 로라가 말했어요.

"공주님한테 있어요."

그러자 북풍이 버럭 화를 냈어요.

"목걸이를 빼면 안 된다고 했잖아!"

북풍은 열 번째 빗방울을 바싹 마른 풀밭에 던져 버렸어요. 빗방울은 금세 사라져 버렸죠. 북풍은 휭하니 날아가 버렸고요. 로라는 울음을 터뜨렸어요.

마음씨 고운 공주님이 말했어요.

"울지 마, 목걸이를 돌려줄게. 이제는 네가 주인이라는 걸 알았으니까."

공주님은 로라의 목에 목걸이를 걸어 주었어요. 그 순간, 로라가 흘린 눈물방울 중 하나가 똑 떨어져 목걸이에 달린 아홉 개의 빗방울 옆에 딱 맺히지 않겠어요? 열 번째 빗방울이 생긴 거예요. 로라는 배시시 웃음을 짓고는 눈물을 닦고 코를 팽 풀었어요. 그래서 어떻게 되었냐고요? 로라가 코를 풀자마자, 빗방울이 후드득 떨어지지 뭐예요! 비는 쏴아쏴아 줄기차게 내렸어요. 나무들이 저마다 이파리를 활짝 펴고, 꽃들은 꽃잎을 한껏 내밀어 기쁘게 목을 축였죠.

이윽고 로라가 손뼉을 짝짝 쳐서 비를 멈추었어요.

아라비아의 임금님은 너무너무 기뻤어요.

"이렇게 훌륭한 목걸이는 처음 보겠구나. 해마다 우리나라에 잠깐 들러서 비를 내려 줄 수 있겠니?"

로라는 그러겠다고 대답했어요.

그러고 나서 로라는 공주님의 분홍빛 조개껍데기 배

를 타고 집으로 돌아갔어요. 머리 위에서는 새들이 날아가고, 앞에서는 물고기들이 헤엄쳐 갔죠.

로라가 말했어요.

"목걸이를 찾아서 기뻐. 하지만 친구가 많이 생겨서 훨씬 더 기뻐."

그럼, 메그는 어떻게 되었을까요? 생쥐들이 북풍에게 로라의 목걸이를 훔친 사람이 메그라고 알려 주었어요. 그러자 북풍이 메그네 지붕을 날려서 집 안으로

비가 들이치게 했어요. 그 바람에 메그는 쫄딱 젖고
말았답니다!

깔개에 앉은 고양이

깔개에 앉은 고양이. 그래요, 고양이들은 깔개에 잘 앉죠. 그런다고 특별한 일이 일어나지는 않아요. 하지만 옛날에 깔개에 앉은 고양이 때문에 정말로 신기한 일이 일어난 적이 있답니다.

그 이야기는 이렇게 시작해요.

옛날에 에마 피핀이라는 여자아이가 있었어요. 뺨이 발그레하고 머리카락이 갈색인 아이였는데, 루 이모와 단둘이 살고 있었죠. 두 사람은 몹시 가난했어요. 얼마나 가난한지 집을 구할 돈이 없어서 고물 버스에서 살았답니다. 비록 고장 난 버스이기는 해도 제법 그럴

싸해서, 에마와 루 이모는 버스를 무척 좋아했어요. 버스는 바깥쪽이 푸른색, 안쪽이 흰색으로 칠해져 있고, 창문에는 오렌지색 커튼이 드리워져 있었어요. 버스 안에는 몸을 따뜻하게 녹여 주는 난로도 있었는데, 연기가 지붕에 달린 굴뚝으로 빠져나갔죠.

그림을 보면 버스가 어떻게 생겼는지 알 수 있을 거예요.

버스는 높다란 흰색 담장 앞에 서 있었어요. 담장 너머에는 푸릇푸릇 싱그러운 가지마다 탐스러운 붉은 열매가 주렁주렁 달린 사과나무가 많이 있었어요. 이 사과 과수원은 랙스턴 수퍼브 씨라는 거만하고 지체 높은 사람의 것이었어요.

루 이모는 날마다 과수원 안으로 들어가 랙스턴 수퍼브 씨의 사과를 따 주었어요. 그 사과들은 모두 가게로 팔려 나갔죠. 과수원에는 사과나무가 셀 수 없이 많아서, 루 이모가 마지막 나무의 사과를 딸 때 벌써 첫 번째 나무에 다시 사과가 열릴 정도였답니다!

하지만 빨갛고 좋은 사과 중에 루 이모가 가져갈 수 있는 사과는 하나도 없었어요. 단 한 알도요! 랙스턴 수퍼브 씨는 지독한 구두쇠였거든요. 루 이모가 가져가도 되는 사과는 흠집이 있는 못난이 사과뿐이었어요. 루 이모가 받는 품삯도 하루에 딱 한 푼뿐이었답니다.

에마는 아예 과수원에 들어가 보지도 못했어요. 루 이모한테 푸른 나무와 붉은 사과 이야기를 듣고 꼭 한번은 들어가 보고 싶었는데 말이에요. 랙스턴 수퍼브 씨는 아이들이 사과를 따 먹거나 못쓰게 만들어 놓을 거라고 했어요. 그래서 에마는 과수원 밖에서 높다란 흰색 담장만 쳐다볼 수밖에 없었죠.

에마는 가지고 놀 장난감이 하나도 없었어요. 워낙 가난했으니까요. 그래서 에마는 온종일 버스 안을 쓸고 닦고 치웠어요. 그리고 루 이모가 돌아올 때가 되면 저녁을 지었죠.

에마는 무엇으로 요리를 했을까요? 그래요, 못난이

사과! 에마는 못난이 사과 소스, 못난이 사과 케이크, 못난이 사과 파이, 심지어는 못난이 사과 사탕까지 만들었어요.

에마는 쑥쑥 자랐어요. 날마다 키가 커졌어요. 얼마나 빨리 자라는지 옷이 금세 작아졌죠. 하지만 루 이모는 돈이 없어 에마에게 새 옷을 사 줄 수 없었어요. 에마는 옷이 꽉 끼어 움직이기도 힘든데 말이에요!

루 이모가 말했어요.

"옷을 벗어서 빨면, 다시 못 입을 수도 있겠어. 그러니까 그냥 입은 채로 빨자꾸나."

루 이모는 에마를 목욕통에 넣고 옷을 입힌 채로 씻긴 다음, 빨랫줄에 널었어요.

그러고는 사과를 따러 가며 말했어요.

"다 마르면 내려와도 돼."

에마가 빨랫줄에 매달려 바람에 살랑살랑 흔들리고 있는데, 늙고 가난한 요정이 나타났어요. 요정은 나이가 아주 많아서 지팡이를 짚고 느릿느릿 걸어왔어요.

요정은 빨랫줄에 대롱대롱 매달린 에마를 보고 웃음을 터뜨렸어요. 킬킬킬, 킬킬킬! 얼마나 웃었던지 하마터면 고꾸라질 뻔했지 뭐예요!

요정이 간신히 웃음을 멈추고 말했어요.

"세상에! 빨랫줄에 널린 사람은 처음 봤네. 네 꼴이 얼마나 웃긴지 상상도 못할 거다!"

에마가 말했어요.

"옷이 너무 작아서, 루 이모가 옷을 입힌 채로 빨았어요. 벗으면 다시는 못 입게 될까 봐요. 이제 거의 다 말랐으니까, 저 좀 내려 주세요."

요정은 에마를 빨랫줄에서 내려 주었어요.

에마가 말했어요.

"저희 버스에 들어오셔서 못난이 사과 케이크 좀 드실래요?"

요정이 대답했어요.

"고맙구나. 정말 바라던 바야. 난 아직 버스를 한 번도 못 타 봤거든."

요정은 에마네 버스가 참 멋지다고 생각했어요. 그리고 못난이 사과 케이크를 세 접시나 먹었답니다. 너무너무 맛있다고 하면서요!

요정이 에마에게 말했어요.

"네 덕에 기분이 좋아졌으니, 보답을 하고 싶구나. 나는 늙고 가난해서 값비싼 선물은 줄 수 없어. 그래도 너한테 줄 원피스 세 벌은 있단다. 나는 이제 작아서 못 입지만, 너한테는 딱 맞을 거야."

그러고는 에마에게 원피스 세 벌을 주었어요. 하나는 빨강, 하나는 파랑, 또 하나는 잿빛 원피스였죠.

요정이 말했어요.

"또 있단다. 자, 너랑 같이 놀아 줄 새끼 고양이다."

고양이의 이름은 샘이었는데, 새까만 몸에 눈만 초록빛이었어요. 에마는 그 조그맣고 보드랍고 활기찬 고양이를 보고 첫눈에 반했답니다.

요정은 작별 인사를 하고는 지팡이를 짚고 천천히 떠났어요.

루 이모는 집에 돌아
와서 옷을 보고는
무척 기뻐했어요.
루 이모는 빨간 옷과
파란 옷을 잘라 에마
에게 새 옷을 만들어
주었어요. 새 옷은
참 예뻤답니다.
루 이모는 색깔이
칙칙한 잿빛 옷은
그냥 남겨 두었어요.
  에마는 월요일부터
토요일까지는 빨간
옷을 입고, 일요일에
는 파란 옷을 입었어
요.
  그리고 밤마다

샘이랑 침대에서 같이 잤답니다!

"어쨌든 샘은 요정 고양이잖아요."

에마가 말하자, 루 이모가 투덜거렸어요.

"요정 고양이고 뭐고, 저 흙투성이 발을 좀 보라고!"

밤마다 샘은 에마의 깨끗한 침대에 시커먼 발자국을 꾹꾹 찍었어요. 침대보에도! 이불에도! 베개에도!

그래서 에마는 요정이 준 잿빛 옷으로 깔개를 만들어 침대에 올려놓았어요. 샘이 깔개로 폴짝 뛰어올랐어요. 그러다가 베개를 밟아서 베개에 또 시커먼 발자국이 콕콕 찍히고 말았죠.

에마가 말했어요.

"아아, 샘, 발은 이 깔개에 닦았으면 좋겠어. 정말 소원이야. 루 이모가 집에 와서 저 새까만 발자국을 보면 뭐라고 하시겠니?"

에마가 "정말 소원이야."라고 말하는 순간, 샘이 발딱 일어섰어요. 그러고는 에마를 빤히 바라보더니, 깔개에 발을 싹싹 닦는 게 아니겠어요? 에마는 깜짝 놀랐어요.

"세상에! 이건 소원을 들어주는 깔개가 틀림없어. 또 어떤 소원을 빌지? 음, 베개에 찍힌 까만 진흙 발자국이 없어졌으면 좋겠어."

바로 그 순간, 에마의 베개가 원래대로 깨끗해졌어요. 까만 발자국이 사라진 거예요.

"이번에는, 커다란 고기 파이가 있었으면 좋겠어. 또 아이스크림도. 루 이모가 집에 와서 먹을 수 있게."

에마가 이 말을 시작했을 때 샘이 깔개에서 일어났어요. 그러더니 에마가 '아이스'라고 말할 때 깔개에서 뛰어내렸죠.

부엌 식탁을 보니, 커다란 고기 파이와 얼음 한 덩어리가 놓여 있었어요.

에마가 말했어요.

"난 아이스가 아니라 아이스크림이라고 했는데. 얼음이 아이스크림으로 변했으면 좋겠어."

하지만 얼음은 아이스크림으로 변하지 않았어요.

"알았다. 저 깔개는 샘이 앉아 있을 때만 소원을 들어주는구나. 샘, 다시 깔개에 앉지 않을래?"

하지만 밖으로 나가고 싶었던 샘은 창밖으로 훌쩍 뛰어나가 버렸어요.

에마가 중얼거렸어요.

"이따가 샘이 돌아오면 또 소원을 빌어야지."

그런데 루 이모가 샘보다 먼저 돌아왔어요.

루 이모는 기분이 언짢았어요. 랙스턴 수퍼브 씨가 깔끔한 하얀 담 앞에 지저분한 고물 버스가 서 있는 것이 거슬린다고 했거든요.

랙스턴 수퍼브 씨는 이렇게 말했어요.

"버스를 다른 데로 옮기는 게 좋을 거요."

루 이모는 걱정스러웠어요. 버스를 어디로 옮기나? 도와줄 사람은 어떻게 찾지? 루 이모는 가난해서 일꾼을 쓸 수도 없었어요. 루 이모는 고단하고 울적했어요. 그래서 에마가 하는 말도 건성으로 들었죠.

에마가 말했어요.

"이모, 나한테 소원을 들어주는 깔개가 생겼어요."

"그렇구나."

루 이모가 대답했지만, 사실은 에마의 말을 듣고 있지 않았어요.

에마가 말했어요.

"깔개가 소원을 들어준다고요!"

"그렇구나."

루 이모가 대답했지만, 에마의 말을 한 귀로 듣고 한 귀로 흘렸어요.

"내 침대를 깨끗하게 해 줬어요. 또 이렇게 맛있는 고기 파이도 줬고요!"

"그렇구나."

하지만 루 이모는 에마가 무슨 말을 하는지 듣지 못했어요. 고기 파이도 조금 먹긴 했지만, 버스를 어떻게 옮길지 걱정하느라 아무 맛도 못 느꼈어요. 그랬으니 못난이 사과 소스를 먹는 거나 다름없었죠!

루 이모는 에마에게 버스를 옮겨야 한다는 말을 꺼

내지 않았어요.

어른들은 원래 아이들한테 걱정거리를 잘 털어놓지 않잖아요. 그냥 말하는 편이 더 나을 때도 있는데 말이에요.

샘은 밤새도록 돌아오지 않았어요. 숲속에서 다람쥐들과 집 뺏기 놀이를 하느라고요. 이튿날 루 이모가 사과를 따러 간 뒤에야, 샘이 집으로 돌아왔어요.

샘이 깔개 위로 팔짝 뛰어올랐어요. 에마는 바로 이 순간을 기다리고 있었죠.

"장난감이 있었으면 좋겠어! 줄넘기 줄! 풍선! 공! 스케이트! 또 상자에…….."

그때 샘이 깔개에서 도로 뛰어내렸어요. 커다란 빨간색 공이 바닥을 데구루루 굴러가자, 공을 쫓아가고 싶었거든요.

에마가 갖고 싶었던 장난감이 모두 나타났어요. 줄넘기 줄, 풍선, 공, 그리고 스케이트까지.

에마는 상자에 든 그림물감도 갖고 싶다고 말하려

했지만, 말을 끝내기도 전에 샘이 깔개에서 뛰어내렸어요. 그래서 빈 상자만 얻게 되었죠. 에마는 그 상자에 스케이트를 넣어 두었어요.

아침나절에 에마는 신나게 놀았어요. 팔짝팔짝 줄넘기도 하고, 씽씽 스케이트도 타고, 통통통 공놀이도 했어요. 샘도 같이 놀았죠. 그러고 나서 에마는 풍선을 가지고 놀았어요. 샘도 같이 놀았고요. 풍선한테는 안된 일이었죠.

마침내 샘과 에마는 노는 데도 지쳤어요. 샘은 잠을 자려고 깔개에 올라갔어요.

"그림물감이 있었으면 좋겠어!"

에마의 말이 떨어지기가 무섭게 버스 안의 식탁에 크고 멋진 물감 상자가 나타났어요. 상자 안에는 빨강, 파랑, 초록, 노랑, 주황, 보라 등 온갖 색깔의 물감이 들어 있었답니다. 생각할 수 있는 모든 색깔이 말이에요!

에마가 말했어요.

"아, 정말 근사한 물감이야! 멋진 그림을 그려야지. 세상에서 제일 멋진 그림을 그리고 싶어."

에마는 종이를 찾아보았어요. 하지만 버스 안에는 알맞은 종이가 없었어요. 에마는 아주 큰 그림을 그리고 싶었거든요.

"맞아! 하얀 담장에다 그리면 되겠다."

에마는 그렇게 말하고는 랙스턴 수퍼브 씨의 높다란 흰색 담장에 그림을 그리기 시작했어요. 먼저 손이 닿는 데까지 그림을 그렸어요. 그런 다음 의자에 올라가 담장 꼭대기 쪽에도 모두 그림을 그렸죠.

에마는 무슨 그림을 그렸을까요?

에마는 담장 안에 있는 과수원을 그렸어요. 푸르디 푸른 나무와 붉디붉은 사과를요. 하지만 과수원을 한 번도 보지 못했기 때문에 사과를 다른 색깔로도 많이 칠했어요. 분홍색, 노란색, 파란색, 금색, 오렌지색 사과도 있었죠. 사과나무 밑에서는 여우와 다람쥐와 토끼가 빵과 젤리를 먹고 있었어요. 하늘에서는 새들이 날아다니며 풍선을 가지고 놀았어요. 개들은 스케이트를 탔고요. 고양이는 폴짝폴짝 줄넘기를 했답니다.

정말 멋진 그림이었어요. 세상에서 가장 멋진 그림이었죠.

그동안 샘은 깔개 위에서 콜콜 자고 있었어요. 진짜 고단했거든요.

그때 루 이모가 담장 문으로 나왔어요.

에마가 소리쳤어요.

"보세요, 이모! 내가 그린 멋진 그림 좀 보세요!"

랙스틴 수퍼브 씨가 이모를 쫓아 나오며 말했어요.

"이번 주말까지는 반드시 버스를 치우시오!"

그러는 동안에도 샘은 깔개 위에서 콜콜 자고 있었어요.

루 이모의 얼굴에는 근심이 가득했어요. 에마가 "내가 그린 멋진 그림 좀 보세요."라고 하는데도, 루 이모는 "그렇구나."라고만 할 뿐 쳐다보지도 않았어요. 하지만 랙스틴 수퍼브 씨는 그림을 보았어요. 그리고 얼굴이 확 달아올랐어요. 이 세상 어떤 사과보다도 더 새빨갛게요!

"내 멋진 하얀 담에다 무슨 짓을 한 거야?"

화가 난 랙스턴 수퍼브 씨의 얼굴은 당장이라도 풍선처럼 펑 터져 버릴 것 같았어요.

에마가 말했어요.

"제가 세상에서 제일 멋진 그림을 그렸어요. 마음에 들지 않으세요?"

랙스턴 수퍼브 씨는 그림이 마음에 들지 않았어요. 눈곱만큼도요!

"어서 지우지 못해! 그리고 바로 떠나! 오늘! 지금 당장!"

루 이모가 울먹거렸어요.

"하지만 저희가 어디로 가겠어요?"

"내가 알 바 아니오!"

(그때까지도 샘은 깔개 위에서 콜콜 자고 있었어요.)

"바람이 저 고물 버스하고 댁들을 하늘로 몽땅 날려

보내 버리면 좋겠어!"

샘은 여전히 깔개 위에서 콜콜 자고 있었답니다!

바로 그때 세찬 바람이 휘잉 불어와 루 이모와 에마와 버스를 공중으로 띄워 올렸어요. 에마와 루 이모와 버스는 높이, 더 높이, 하늘 높이 올라가 하얀 뭉게구름 위에 내려앉았어요. 버스 안에 있던 온갖 물건이 와르르 떨어졌지만, 하나도 부서지지 않았어요. 그 와중에도 샘은 여전히 깔개에서 콜콜 자고 있었답니다. 열심히 놀고 난 뒤라 무척 피곤했거든요.

루 이모가 말했어요.

"아이고! 앞으로 어디서 살까 숱하게 생각해 봤지만, 하늘에서 사는 건 꿈도 못 꿨어! 여기서 어떻게 먹을 걸 구하지?"

"걱정 마세요."

에마는 그렇게 말하고는 통닭구이와 설탕물을 입힌 큼직한 케이크와 우유 한 통과 오렌지 젤리를 먹고 싶다고 빌었어요.

샘이 아직도 깔개 위에서 자고 있었거든요!

에마와 루 이모는 저녁을 먹고 나서 구름 위를 거닐
었어요. 구름은 폭신폭신했어요. 꼭 헛간에 있는 마른
풀 같았죠. 게다가 구름 위에는 사과도 많았어요. 바
람이 랙스턴 수퍼브 씨네 과수원 사과도 몽땅 날려 보
내 주었거든요. 그 사과들이 온 하늘을 데굴데굴 굴러

다녔죠!

그 뒤로 랙스턴 수퍼브 씨네 과수원에는 사과가 한 알도 열리지 않았어요. 에마가 담장에 그린 그림은 아무리 지우려고 해도 지워지지 않았고요.

루 이모가 말했어요.

"샘의 깔개가 소원을 들어주는 깔개라면, 버스를 캘리포니아로 보내 달라고 빌어도 되겠다. 아니면 캐나다나, 중국의 광둥이나, 아프리카의 카나리아 제도도 좋고."

에마가 말했어요.

“아이, 싫어요! 여기서 계속 살아요.”

그래서 에마와 루 이모는 하늘에서 계속 살았답니다. 깜깜한 밤에 하늘을 올려다보면, 반짝이는 고물 버스가 보일지도 몰라요. 그때는 사과 몇 알도 틀림없이 같이 보일 거예요.

하늘이 들어간 파이

몹시 추운 나라에 할아버지와 할머니가 살았어요.
어느 겨울날, 할아버지가 할머니에게 말했어요.

"여보, 날씨가 너무 춥구려. 당신이 따끈따끈하고
맛있는 사과 파이를 만들어 주면 참 좋겠는데."

그러자 할머니가 대답했어요.

"알았어요, 여보. 사과 파이를 만들어 줄게요."

할머니는 설탕을 가져오고, 향신료를 가져오고, 사
과를 가져와서 파이 접시에 담았어요. 그러고는 밀가
루를 가져오고, 버터를 가져오고, 물을 가져와서 파이
를 덮을 반죽을 만들었어요. 먼저 밀가루에 버터를 섞

은 다음, 물을 조금 부어 한 덩어리로 뭉쳤지요.

할머니는 밀방망이로 반죽을 납작하게 밀었어요.

할머니가 한창 반죽을 밀고 있는데, 할아버지가 말했어요.

"여보, 창밖을 봐요. 눈이 내리는구려."

할머니도 창밖을 내다보았어요. 희뿌연 하늘에서 하얀 눈이 펑펑 쏟아지고 있었어요.

이내 할머니는 다시 반죽을 밀었어요. 그런데 무슨 일이 일어났는지 아세요? 할머니가 바라보던 하늘의 한쪽 귀퉁이가 그만 밀가루 반죽에 걸려 버렸지 뭐예요? 조그만 하늘 조각은 밀방망이 밑으로 주르르 끌려 들어갔어요. 마치 빨래 짜는 기계로 끌려 들어가는 셔츠처럼 말이에요. 이렇게 해서 할머니가 밀가루 반죽을 납작하게 밀어 파이 접시에 놓을 때, 하늘 한 조각도 함께 들어가게 된 거예요! 하지만 할머니는 꿈에도 몰랐죠. 파이를 오븐에 넣자, 곧 맛있는 냄새가 솔솔 풍겨 왔어요.

할아버지가 말했어요.

"아직 다 안 됐소?"

"금방 돼요."

할머니는 그렇게 말하고는 식탁에 숟가락과 포크와 접시를 놓았어요.

할아버지가 물었어요.

"이제 다 됐소?"

"그래요."

할머니는 그렇게 말하고, 오븐을 열었어요.

자, 어떤 일이 일어났을까요? 하늘 한 조각이 들어간 파이는 너무 가벼웠어요. 그래서 오븐 밖으로 둥실 떠올라, 곧장 방을 가로질러 날아갔어요.

할머니가 소리쳤어요.

"파이 좀 붙잡아요, 파이 좀 붙잡아!"

할머니도 할아버지도 파이를 붙잡으려 했지만, 파이는 문밖으로 둥실둥실 날아갔어요. 할머니와 할아버지는 파이를 쫓아 마당까지 달려 나갔어요.

"차라리 올라탑시다!"

할아버지는 그렇게 소리치고는 파이 위에 풀쩍 올라
탔어요. 할머니도 풀쩍 뛰어올랐죠.

하지만 파이는 너무나 가벼워서 할머니와 할아버지
를 싣고 희뿌연 하늘에서 떨어지는 눈송이를 헤치며
공중으로 날아올랐답니다.

할머니와 할아버지가 기르는 조그만 얼룩 고양이 위스키는 그때 사과나무에 올라가 눈 구경을 하고 있었어요.

"파이 좀 멈춰 줘, 어서 좀 멈춰 줘!"

할아버지와 할머니가 외치자, 위스키가 파이에 폴짝 올라탔어요. 하지만 위스키는 너무 가벼워서 파이를 멈출 수 없었죠. 파이는 나풀나풀 내리는 눈 사이로 둥실둥실 떠가며 높이높이 올라갔어요.

새들이 소리쳤어요.

"할머니, 할아버지, 조그만 야옹이가
사과 파이 타고 둥실둥실 떠가네.
왜 하늘을 떠다니는 거예요?"

그러자 할머니가 대답했어요.

"파이를 멈출 수가 없어. 그래서 둥둥 떠다니지."

조금 더 가다 보니, 연료가 떨어진 비행기가 보였어요. 비행기는 하늘 한복판에서 오도 가도 못하고 있었죠. 안에서는 비행사가 추위에 덜덜 떨고 있었어요.

비행사가 외쳤어요.

"할머니, 할아버지, 조그만 야옹이가
사과 파이 타고 둥실둥실 떠가네.
왜 하늘을 떠다니는 거예요?"

그러자 할머니가 대답했어요.

"파이를 멈출 수가 없다오. 그래서 둥둥 떠다니지."

비행사가 물었어요.
"저도 같이 가도 돼요?"
"아암, 되고말고."
그래서 비행사도 파이에 올라타고 함께 떠갔어요.

조금 더 가다 보니, 날아다니는 법을 잊어버린 오리가 보였어요. 오리는 구름 한복판에서 오도 가도 못하고 있었죠.

오리가 소리쳤어요.

"할머니, 할아버지, 조그만 야옹이와 비행사가
사과 파이 타고 둥실둥실 떠가네.
왜 하늘을 떠다니는 거예요?"

할머니가 대답했어요.

"파이를 멈출 수가 없어. 그래서 둥둥 떠다니지."

"저도 같이 가도 돼요?"
"아암, 되고말고."
그래서 오리도 파이에 올라타고 함께 떠갔어요.
파이는 조금 더 날아가 높은 산을 지나게 되었어요.

산꼭대기에 내려가는 길을 잊은 산양이 있었어요.

산양이 소리쳤어요.

"할머니, 할아버지, 조그만 야옹이와 비행사, 그리고 오리가

사과 파이 타고 둥실둥실 떠가네.

왜 하늘을 떠다니는 거예요?"

할머니가 대답했어요.

"파이를 멈출 수가 없어. 그래서 둥둥 떠다니지."

"저도 같이 가도 돼요?"

"아암, 되고말고."

그래서 산양도 파이에 올라탔어요.

조금 더 날아가니 높은 건물이 우뚝우뚝 솟은 큰 도시가 나왔어요. 어느 건물 꼭대기에 코끼리 한 마리가

있었어요. 고향이 그리워서 슬프고 답답한 코끼리는
슬프고 답답한 눈빛으로 눈을 보고 있었어요.

코끼리가 소리쳤어요.

"할머니, 할아버지, 조그만 고양이, 비행사와 오리,
그리고 산양이
사과 파이 타고 둥실둥실 떠가네.
왜 하늘을 떠다니는 거예요?"

할머니가 대답했어요.

"파이를 멈출 수가 없어. 그래서 둥둥 떠다니지."

코끼리가 말했어요.
"따뜻하고 향긋한 파이 냄새를 맡으니까, 고향 생각
이 절로 나네요. 저도 같이 가도 될까요?"
"아암, 되고말고."

그래서 코끼리도 파이에
올라타 함께 둥실둥실 떠갔어요.
하지만 코끼리가 워낙 무겁다 보니
파이가 한쪽으로 기우뚱해졌죠.

　그렇게 떠다니다 보니, 추위와
눈이 차츰 멀어지고 어느덧
따뜻한 나라에 이르렀어요.
저 아래로 푸르디푸른 바다가
펼쳐져 있고, 하얀 모래밭과
푸른 숲이 있는 조그만 섬들이
점점이 흩어져 있었어요.

　그즈음 파이가 식기 시작
하더니 점점 밑으로, 밑으로
내려갔어요.

　할아버지가 말했어요.

　"저 아름다운 섬 하나에
내려앉읍시다. 하얀 모래

밭과 푸른 나무가 있고, 꽃도 무척 많구려."

"네, 그래요!"

할머니와 고양이 위스키, 오리와 산양, 비행사와 코끼리가 한목소리로 대답했어요.

하지만 섬에 사는 사람들이 파이가 내려오는 것을 보고 커다란 팻말을 세웠어요. 팻말에는 '파이 착륙 금지'라는 말이 적혀 있었죠.

조금 더 가니 또 섬이 나왔어요. 하지만 그 섬 사람들도 커다란 팻말을 세워 놓았죠. 파이 상륙 금지.

할머니가 말했어요.

"아이고, 아무도 우리를 받아 주지 않으려나?"

그즈음 파이가 다 식어 바다에 둥실 내려앉았어요.

"됐다, 우리 파이가 아주 훌륭한 섬이 됐어!"

할아버지가 소리치자, 할머니가 말했어요.

"나무가 없잖아요! 꽃도 없고요! 게다가 먹을 건요? 마실 물은요?"

하지만 그곳은 볕이 좋아서 아름드리 사과나무가 쑥

쑥 자라났어요. 이파리가 파릇파릇 돋아나고 뽀얀 사과꽃이 피더니, 빨간 사과가 주렁주렁 달렸죠. 또 산양은 젖을 주고, 오리는 알을 낳고, 고양이 위스키는 바다에서 물고기를 잡아 왔어요. 코끼리는 긴 코로 사과를 따 주었고요.

그렇게 해서 모두들 고향으로 돌아가지 않고 파이 섬에서 행복하게 살았어요.

그래요, 이 모든 일이 할머니가 파이에 하늘 한 조각을 넣어 굽는 바람에 일어났답니다!

.

선반 위의 꼬마 요정

재닛이라는 조그만 여자아이가 생일을 맞았어요. 재닛은 선물을 잔뜩 받았어요. 귀여운 빨간 자전거. 롤러스케이트. 줄넘기 줄. 그리고 책 한 아름. 그런데도 재닛은 별로 기쁘지 않았어요.

왜냐고요? 엄마가 할머니 병문안을 가서 집에 없었거든요. 아빠는 기관사라서 기차를 운전하러 가야 하고요. 그러니까 재닛은 생일날 밤을 혼자 보내야 하는 거예요.

아빠는 재닛에게 버터 바른 빵과 노란 설탕과 고소한 우유로 맛있는 저녁을 차려 주었어요. 그리고 나서

재닛을 침대에 눕히고는 이불을 꼭꼭 여며 주며 말했
어요.

"자아, 눈 꼭 감고 자는 거야. 그럼 금방 내일이 되
고, 아빠가 집에 와서 아침을 차려 줄 거야."

이내 아빠는 기차를 운전하러 갔어요.

재닛은 눈을 감았지만, 금방 도로 떴어요. 아무래도
혼자 있는 것이 싫었어요.

재닛은 한숨을 포옥 쉬었어요.

"아아, 같이 이야기할 사람이 있으면 얼마나 좋을까!"

그때 이상한 소리가 났어요. 무슨 소리지?

자박자박, 탁탁, 스윽쓱, 덜컹덜컹, 자박자박. 재닛은 귀를 바짝 기울였어요. 옆방에서 나는 소리였어요. 앗, 또 들린다! 자박자박, 탁탁, 스윽쓱, 덜컹덜컹, 자박자박. 재닛은 침대에서 발딱 일어나 살금살금 옆방으로 걸어갔어요.

과연 재닛은 무엇을 보았을까요?

재닛이 선물 받은 책이 몽땅 펼쳐져 있고, 주인공들이 죄다 책 밖으로 튀어나오고 있었답니다. 꼬마 요정이 나오는 이야기책에서는 꼬마 요정들이 와르르 쏟아져 나와, 서로서로 등을 퐁퐁 뛰어넘거나 선반을 기어올랐어요. 인어 이야기책에서는 인어들이 헤엄쳐 나와 욕조 안으로 첨벙첨벙 뛰어들었어요. 펭귄이 주인공인 책에서는 펭귄들이 뒤뚱뒤뚱 걸어 나와 냉장고 안으로 들어갔고요. 물개가 주인공인 책에서는 물개들이 쿵쿵

거리며 나와 서로서로 싱크대 속으로 끌어 올려 주었
어요.

그러니까 이렇게 있었던 거죠.

선반에는 꼬마 요정이,

욕조에는 인어가,

냉장고에는 펭귄이,

석탄 통에는 토끼가,

탁자 위에는 공작이,

싱크대에는 물개가.

이렇게 괴상한 광경을 본다면 멍하니 눈만 깜박이게
될걸요?

재닛이 말했어요.

"너네는 다 누구야? 여기서 뭘 하고 있어?"

"우리는 너랑 놀려고 왔어. 이제 너는 혼자가 아니
야!"

재닛에게 이렇게 많은 친구들이 생긴 것은 처음이었어요. 누구랑 먼저 놀아야 하지? 선반 위의 꼬마 요정들? 꼬마 요정들은 구슬로 공놀이를 하고 있었어요. 아니면 욕조에 있는 인어들? 인어들은 재닛이 쓰는 샤워볼을 뗏목 삼아 둥둥 떠다녔어요. 아니면 냉장고 안의 펭귄들? 펭귄들은 미끄러운 얼음 위에서 쭈르륵 미끄럼을 타고 있었어요. 아니면 석탄 통 속의 토끼들? 토끼들은 골무 찾기 놀이를 하고 있었어요. 아니면 탁자 위의 공작들? 공작들은 저마다 혼자서 카드놀이를 하고 있었어요. 아니면 싱크대 속의 물개들? 물개들은 첨벙첨벙 물장구를 치고 있었죠.

재닛은 우선 꼬마 요정들과 놀았어요. 그러고 나서 인어와 놀았어요. 그러고 나서는 펭귄, 그러고는 토끼, 그다음에는 공작, 그다음에는 물개랑 놀았어요.

그때 등 뒤에서 누가 말했어요.

"아무도 나랑은 놀려고 안 해!"

재닛은 뒤를 돌아보았어요. 그러자 난로 앞에 호랑

이 한 마리가 있지 않겠어요? 호랑이는 책 더미의 맨 밑에 있던 책에서 나왔어요. 덩치가 크고, 수염이랑 꼬리가 길고, 온몸이 검은색과 노란색 줄무늬로 얼룩 덜룩했어요.

호랑이가 말했어요.

"내 꼬리를 간질여 봐! 그럼 내가 막 너희를 쫓아다 닐게!"

꼬마 요정들이 소리쳤어요.

"우린 쫓기기 싫어. 넌 너무 거칠게 놀아."

하지만 호랑이는 다짜고짜 선반 위에서 꼬마 요정들을 쫓아다녔어요.

인어들이 소리쳤어요.

"우린 쫓기기 싫어."

하지만 호랑이는 인어들을 욕조 밖으로 몰아냈어요.

펭귄들도 소리쳤어요.

"우리는 쫓기고 싶지 않아."

하지만 호랑이는 펭귄들을 몰아 냉장고 밖으로 쫓아

냈어요.

토끼들이 빽빽거렸어요.

"우린 쫓기고 싶지 않아."

하지만 호랑이는 토끼들을 몰아 석탄 통 밖으로 쫓아냈어요.

물개들이 껑껑거렸어요.

"우린 쫓기고 싶지 않아."

하지만 호랑이는 싱크대에서 물개들을 쫓아냈어요.

공작들이 끽끽거렸어요.

"우린 쫓기고 싶지 않아."

하지만 호랑이는 공작들을 탁자에서 쫓아냈어요.

모두들 화가 났어요. 울음을 터뜨리는 꼬마 요정들도 있었죠.

재닛이 말했어요.

"호랑아, 너무 심하잖아. 좀 살살 놀아야지."

모두가 한목소리로 외쳤어요.

"호랑이는 책 속으로 도로 들어가라고 해!"

그래서 재닛은 호랑이가 나온 책을 집어 들고 말했
어요.

"나쁜 녀석! 나쁜 호랑이! 다시 책 속으로 들어가!"

호랑이는 슬픈 표정을 지었어요.

"난 그냥 달리고 싶을 뿐인데. 나는 아주 빨리 달릴
수 있거든.

바람보다 빨리

폭풍우보다 빨리

하늘에서 가장 빠른

구름보다 더 빨리!"

호랑이가 재닛에게 애원했어요.

"그냥 나 밖에 나가서 뛰고 오면 안 될까? 그러고선
다른 애들 안 쫓아다니고 조용히 얌전하게 있을게."

재닛이 말했어요.

"그럼 나랑 같이 가. 널 지켜봐야 하니까."

"그럼 내 등에 올라타고 꼬리를 간질여 줘!"

재닛이 호랑이의 등에 올라타고 꼬리를 간질간질 간질였어요. 그러자 호랑이가 문밖으로 휘익 달려 나갔어요. 계단을 내려가, 거리를 지나, 공원을 가로질러, 빨리, 더 빨리, 누구보다도 빨리! 그러면서 이렇게 노래를 불렀죠.

"달려가네, 빨리

  바람보다 빨리

    폭풍우보다 빨리

      하늘에서 가장 빠른

        구름보다 더 빨리."

얼마 뒤 호랑이와 재닛은 한쪽 발이 유리로 된 남자를 만났어요.

남자가 소리쳤어요.

"아, 내 모자가 바람에 날아갔어. 좀 잡아와 줄래?

나는 뛰면 유리 발이 깨져 버릴지도 몰라."

호랑이가 말했어요.

"흥! 모자 잡는 것쯤이야 식은 죽 먹기지."

호랑이는 공원을 가로질러 모자를 쫓아갔어요. 그러고는 모자를 붙잡아 발이 유리로 된 남자에게 돌려주었죠. 남자는 고마워서 어쩔 줄 몰라 했어요.

얼마 뒤 호랑이와 재닛은 한 여자를 만났어요.

"얘들아, 나 좀 도와줘. 나는 내일에 있어야 하는데, 그만 뒤처지고 말았어. 내일을 좀 따라잡아 주겠니?"

호랑이가 말했어요.

"그야 식은 죽 먹기지. 왜냐하면 나는 아주 빨리 달리니까.

바람보다 빨리

폭풍우보다 빨리

하늘에서 가장 빠른

구름보다 더 빨리.

자, 재닛 뒤에 올라타고 꼬리를 간질여 줘."

여자가 호랑이의 등에 올라 간질간질 꼬리를 간질였
어요. 호랑이가 들판을 가로질러 내일을 쫓아갔어요.
호랑이는 손쉽게 내일을 따라잡아 여자를 제자리로 데
려다주었죠.

여자가 소리쳤어요.

"고마워. 내일에서 엽서를 보내 줄게."

얼마 뒤 재닛과 호랑이는 한 남자아이를 만났어요.

"도와줘! 서커스단의 판다콘다한테 쫓기고 있어. 내

가 수염을 잡아당겼거든. 나 좀 살려 줘!"

호랑이가 말했어요.

"그야 식은 죽 먹기지! 내 등에 올라타고 꼬리를 간질여 줘."

남자아이가 간질간질 꼬리를 간질이자, 호랑이는 휙휙 내달렸어요. 빨리, 더 빨리, 누구보다도 빨리! 처음에는 판다콘다도 휙휙 쫓아왔지만, 금방 포기하고는 회전목마 밑 자기 굴 속으로 자러 들어갔답니다.

남자아이가 말했어요.

"구해 줘서 고마워."

남자아이는 호랑이와 재닛에게 호두를 하나씩 주고,
자기 집 앞에서 훌쩍 뛰어내렸어요.

그때 재닛이 말했어요.

"앗, 저기 아빠 기차가 오고 있어. 빨리 가자, 빨리.
아빠가 먼저 오면 내가 어디 갔나 걱정하실 거야!"

호랑이가 말했어요.

"그야 식은 죽 먹기지! 나는 언제라도 기차를 따라
잡을 수 있어. 왜냐하면 나는 아주 빨리 달리니까.

바람보다 빨리
폭풍우보다 빨리
하늘에서 가장 빠른
구름보다 더 빨리.

내 꼬리만 간질여 줘."

재닛이 간질간질 꼬리를 간질이자, 호랑이는 집으로 내달렸어요. 들판을 지나, 마을을 지나, 집과 교회를 지나, 산을 넘고 강을 건너, 공원과 거리를 가로질러, 마침내 재닛네 집 창가에 도착했어요.

재닛이 소리쳤어요.

"빨리, 빨리! 모두 책 속으로 들어가. 아빠가 오고 있어."

왜냐하면 여전히 이렇게 있었거든요.

선반에는 꼬마 요정이,

욕조에는 인어가,

냉장고에는 펭귄이,

석탄 통에는 토끼가,

탁자 위에는 공작이,

싱크대에는 물개가.

재닛이 약속했어요.

"내일 밤에 너희랑 다시 놀게."

재닛은 모두를 책 속으로 밀어 넣었어요. (호랑이는 몸집이 너무 커서 밀어 넣기가 제일 힘들었어요.) 재닛은 옆방으로 달려가 침대에 뛰어들어 눈을 꼬옥 감았죠.

그러고는 금방 잠이 들었답니다!

재닛이 깨어나 보니, 아빠가 아침을 준비하고 있었어요. 재닛은 아침을 먹고 옆방으로 가서 선물받은 책을 살펴보았어요. 하지만 책은 모두 잠자코 가만히 있

었어요. 만약 작은, 아주 작은 발자국이 선반에 찍혀 있지 않았다면, 조그만, 아주 조그만 금빛 비늘이 욕조에 남아 있지 않았다면, 자그만, 아주 자그만 깃털이 냉장고에 들어 있지 않았다면, 그리고 카펫 위에 호랑이 수염이 한 가닥 떨어져 있지 않았다면, 상상도 할 수 없었을 거예요.

선반에는 꼬마 요정이,
욕조에는 인어가,
냉장고에는 펭귄이,
석탄 통에는 토끼가,
탁자 위에는 공작이,
싱크대에는 물개가,

그리고 난로 앞에는 커다란 줄무늬 호랑이가 있었다는 것을요…….

여행을 떠난 세 사람

드넓은 사막 한복판에 조그만 기차역이 하나 있었답니다. 역 양쪽으로는 눈길 닿는 곳까지, 아니 그보다 훨씬 멀리까지 모래벌판이 펼쳐져 있고, 모래벌판 너머에는 드넓은 초원이, 초원 너머에는 산과 골짜기가 있었어요. 기찻길은 이 모든 곳을 지나며 역 양쪽으로 멀리, 더 멀리, 끝도 없이 뻗어 있었죠.

역의 이름은 '사막'이었어요. 역 건물은 딱 한 채인데, 여기서 세 사람이 살았어요. 신호원 스미스 씨와 짐꾼 존스 씨, 그리고 차표 검사원 브라운 씨였어요.

조그만 역 하나에 일하는 사람이 셋이나 있는 게 이

상한가요? 하지만 철도를 운영하는 사람들은 알고 있었죠. 외딴 곳에 두 사람만 살면 맨날 티격태격하지만, 셋이 살면 늘 둘이서 하나를 흉볼 수 있기 때문에 잘 지내게 된다는 것을요.

세 사람은 그럭저럭 행복했어요. 사막 먼지를 걱정하는 아내도 없고, 이야기를 해 달라거나 목말을 태워 달라고 조르는 아이도 없었거든요. 하지만 완벽하게 행복하지는 않았어요. 바로 이런 이유 때문이었죠.

날마다 어마어마하게 큰 기차들이 천둥 같은 소리를 내며 사막을 서쪽에서 동쪽으로, 동쪽에서 서쪽으로 가로질렀어요. 하지만 기차는 점점 커지면서 다가왔다가 점점 작아지며 멀어지기만 할 뿐, 단 한 대도 멈춰서지 않았어요.

아무도 사막 역에서 내리려고 하지 않았어요.

스미스 씨가 슬퍼하며 말했어요.

"아, 가끔씩이라도 좋으니 신호기를 써 볼 수만 있다면. 날마다 기름칠을 해서 신호기를 반질반질 닦아 놓는데, 지난 15년 동안 한 번도 손잡이를 당겨 기차에 멈춤 신호를 보낸 적이 없었어. 정말 가슴이 찢어지는구먼!"

브라운 씨도 한숨을 쉬었어요.

"아, 가끔씩이라도 좋으니 기차표를 찍어 볼 수만 있다면. 검표기를 늘 반짝반짝하게 닦아 놓는데, 그게 다 무슨 소용이람? 지난 15년 동안 한 번도 표를 찍어 볼 기회가 없었어. 아까운 사람 하나 여기서 썩어 가는구먼."

존스 씨가 탄식했어요.

"아, 가끔이라도 좋으니 손님의 짐을 나를 수만 있다면. 큰 도시의 역에서는 짐꾼들이 손님한테 팁을 받아서 돈을 많이 번다는데, 여기서는 부자가 될 꿈도 못 꿔. 힘과 유연성을 기르려고 아침마다 열심히 팔굽혀펴기를 하지만, 지난 15년 동안 모자 상자 하나 날라 볼 기회가 없었어. 여기는 기회가 없는 곳이야!"

이것 말고도 세 사람을 애태우는 문제가 더 있었어

요. 세 사람은 일주일에 하루를 쉬었어요. 일요일에
는 동쪽에서도, 서쪽에서도 기차가 오지 않았거든요.
하지만 쉬어 봐야 할 일이 없었답니다. 갈 데도 없었
고요. 사막 역에서 다음 역까지는 천 킬로미터도 넘게
떨어져 있었거든요. 그만큼 멀리 가려면 일주일 치의
급여를 다 써도 모자랐을 거예요. 설사 토요일 밤에
마지막 기차를 타고 나간다 해도, 그렇게 멀리서 영화
를 보면 월요일 아침까지 돌아올 수가 없었어요. 그래
서 일요일이면 세 사람은 역 승강장에 앉아 하품을 하
면서 차라리 월요일이면 좋겠다고 생각했답니다.

그러던 어느 날, 존스 씨가 그동안 차곡차곡 모아 둔 돈을 찬찬히 세어 보고 나서 말했어요.

"여보게, 이제 자네들의 소원이 이루어지게 되었네. 일주일간 휴가를 떠날 수 있는 돈을 모았거든. 스미스는 신호를 보내 기차를 세울 수 있고, 브라운은 내 기차표를 찍을 수 있어. 나는 기차로 갈 수 있는 가장 먼 곳까지 가서 세상을 둘러볼 거야."

그 말은 들은 두 사람은 얼마나 가슴이 설렜는지 몰라요. 스미스 씨는 밤새도록 신호기에 기름칠을 했고, 브라운 씨는 가장 빳빳하고 반듯한 표를 골라 놓고 검표기를 반질반질하게 닦았어요. 이튿날 아침은 정말 황홀했어요. 늘 우렁찬 소리를 내며 거만하게 사막 역을 지나치던 커다란 기차가 쉬이익 소리를 내며 서서히 멈추었어요. 바로 존스 씨를 태우려고 말이에요.

존스 씨는 짐을 싣고 기차에 올라, 친구들에게 손을 흔들며 "토요일에 돌아올게." 하고 외쳤어요. 그러고는 동쪽으로 떠났답니다.

사나흘쯤 지났을 때, 사막 역을 지나던 기차가 엽서 한 장을 떨어뜨리고 갔어요. 존스 씨가 토요일 낮 12시에 기차를 타고 돌아오니, 두세 시간 전에 스미스 씨가 신호기를 '멈춤' 위치에 두라는 내용이었어요. 스미스 씨와 브라운 씨는 그 주 내내 틈만 나면 선인장 가시 밑에 앉아 존스 씨가 여행에서 돌아오면 어떤 이야기를 들려줄까, 무슨 선물을 가져올까 이야기를 나누었어요.

기차가 서자마자, 존스 씨가 펄쩍 뛰어내렸어요. 브라운 씨가 존스 씨의 표를 소중하게 받고 있을 때 스미스 씨가 기차에 출발 신호를 보냈죠. 이윽고 두 사람은 커피를 끓이고 둘러앉아 존스 씨의 여행 이야기에 귀를 기울였어요.

"여보게! 세상은 참으로 넓은 곳이야! 나는 기차를 타고 평생 기억도 다 못할 만큼 많은 나라를 지나갔어. 그리고 마침내 이 사막보다도 더 큰 도시에 도착했지. 세상에, 기차역 하나가 웬만한 도시만 해서 역 안에 가게며, 극장이며, 호텔이며 음식점이 다 있더라고. 심지어 서커스 공연장까지 있더라니까. 기차역 안에 말이야! 그래서 나는 굳이 시내로 나갈 일 없이 역 안에서만 지냈다네. 정말 즐거웠어. 이건 자네들 선물이야."

존스 씨는 조심스럽게 선물을 꺼냈어요. 스미스 씨한테는 높은 빌딩처럼 생긴 종이 누르개를, 브라운 씨한테는 뚜껑에 웅장한 기차역 사진이 있는 상자를 주었어요. 둘 다 무척 마음에 들어 했어요.

그 다음 주에는 스미스 씨가 돈을 세어 보고 나서 말

했어요.

"여보게, 자네들에게 또 행운이 찾아왔네. 나도 휴가를 갈 돈이 모였거든. 나는 서쪽으로 가는 기차를 타고 기차로 갈 수 있는 가장 먼 곳까지 여행할 거야."

존스 씨가 물었어요.

"그럼 신호기는 누가 맡아?"

"브라운이. 내가 일주일 동안 가르쳐 줬어."

그래서 브라운 씨는 스미스 씨에게 제일 좋은 차표를 주고 나서, 신호기가 있는 곳으로 후닥닥 뛰어갔어요. 존스 씨는 스미스 씨의 가방을 날라 기차에 실었고요. (그리고 스미스 씨한테 팁을 두둑하게 받았죠.) 스미스 씨는 기차에 올라타 떠났어요.

다음 주 토요일, 스미스 씨가 별처럼 반짝이는 눈빛을 하고 돌아왔어요. 기차가 떠나자마자, 세 사람은 커피를 끓이고 둘러앉았어요.

스미스 씨가 이야기를 들려주었어요.

"야아! 세상은 내가 생각했던 것보다 훨씬 넓더군!

얼마나 많은 나라를 지나갔는지, 벌써 반쯤은 잊어버렸어. 여행이 끝날 때쯤, 기차가 높은 산맥을 지나갔어. 산이 어찌나 높은지 달이 손에 잡힐 것 같더라니까. 소나무 잎은 바늘 같고, 소금을 솔솔 뿌려 놓은 것처럼 눈이 쌓여 있었지. 그러고서 기차가 휙 내려가는

데, 브레이크가 고장 나서 절벽으로 떨어지는 줄 알았지 뭔가? 그런데 바다가 나타나는 거야. 거기서 기차가 멈췄지. 여보게, 바다는 이 사막보다 훨씬 넓다네! 여기, 자네들한테 주려고 선물을 가져왔어."

스미스 씨는 브라운 씨에게 진줏빛 조개껍데기를 주고, 존스 씨에게 크고 반짝반짝 빛나는 백수정 원석을 주었어요. 두 사람은 무척 아름다운 선물이라고 생각했어요.

스미스 씨와 존스 씨가 브라운 씨에게 물었어요.

"자넨 언제 휴가를 떠날 건가?"

스미스 씨는

"산이 있는 쪽으로 가! 산을 지나서 바다까지 가 보라고!"

라고 했고, 존스 씨는

"아니야, 도시로 가! 도시가 훨씬 아름답고 멋져."

라고 했어요.

그러더니 고함을 질러대며 말다툼을 벌였답니다.

하지만 브라운 씨는 아주 조용한 사람이라서, 한참 곰곰이 생각해 보고 말했어요.

"그렇게 긴 기차 여행은 싫어. 난 기차 멀미를 하거든. 게다가 자네들이 이미 갔다 와서 어떤 곳인지 이야기해 주었잖아. 난 다른 곳에 가 보고 싶어."

두 사람이 브라운 씨에게 말했어요.

"하지만 달리 갈 곳이 없잖아. 기찻길은 동쪽과 서쪽, 딱 두 방향으로만 나 있다고."

"난 북쪽으로 갈 거야."

브라운 씨는 그렇게 말하고는 작은 가방에 빵과 치즈와 맥주 한 병을 넣어 단출하게 짐을 꾸렸어요.

"북쪽으로 어떻게 가려고?"

브라운 씨가 대답했어요.

"걸어서. 내 발로."

일요일이 되자 브라운 씨는 아침 일찍 기찻길을 건너 여행길에 올랐어요.

존스 씨와 스미스 씨는 브라운 씨가 누런 모래벌판

을 똑바로 가로지르는 모습을 지켜보았어요. 브라운 씨는 점점 작아지다가 아주 사라졌어요. 모래가 아침 이슬에 젖어 있을 때는 발자국이 뚜렷하게 남아 있었지만, 해가 하늘 높이 떠오르자 발자국도 차츰 바스라졌어요. 모래가 햇볕에 눈처럼 녹아내리고 있었죠.

존스 씨와 스미스 씨가 서로에게 물었어요.

"브라운을 다시 만날 수 있을까?"

그런데 해가 지평선 너머로 뉘엿뉘엿 넘어갈 무렵이었어요. 멀리서 조그만 점 하나가 서서히 다가오는 게 아니겠어요? 가까이 왔을 때 보니, 바로 브라운 씨였어요. 브라운 씨는 기쁨이 가득한 얼굴로 눈을 반짝이고 있었어요.

세 사람은 커피를 끓인 다음 둘러앉아 마시면서 이야기를 나누었어요.

"그래, 어디 가서 뭘 보았나?"

브라운 씨가 대답했어요.

"여보게, 이 역에서 두 시간쯤 걸어가면 오아시스가

있다네. 그곳에는 맑은 물이 솟아나는 샘이 있고, 푸른 풀과 꽃, 오렌지나무와 레몬나무가 있어. 자, 자네들 주려고 이 선물을 가져왔네."

브라운 씨는 존스 씨에게 큼직하고 맛있는 오렌지를, 스미스 씨에게는 깃털 같은 풀잎과 푸른 꽃으로 엮은 꽃다발을 주었어요.

일요일에 사막 역에 가게 되면, 역을 지키는 사람이 없더라도 놀라지 마세요. 세 사람은 두 시간쯤 걸어가

면 나오는 곳에 있을 거예요. 시원한 샘물가 풀밭에 누워 새들의 노랫소리를 들으면서 말예요.

사막 역의 표지판에는 '사막' 밑에 '오아시스'라는 글자가 덧붙여졌답니다.

빵집 고양이

존스 할머니는 모그라는 고양이와 함께 살았어요. 조그만 마을에서 빵집을 하면서요. 이 마을은 산과 산 사이 골짜기의 아래쪽에 있었어요.

새벽이면 마을의 다른 집들은 아직 캄캄한데, 존스 할머니네 빵집만 불빛이 반짝거렸어요. 할머니가 꼭두새벽부터 일어나서 식빵과 번 빵과 잼 타르트와 웰시 케이크를 구웠거든요.

존스 할머니는 맨 먼저 커다란 화덕에 불을 지폈어요. 그러고 나서 물과 설탕과 이스트를 넣어 밀가루를 반죽했죠. 그런 다음 반죽을 팬에 담아 화덕 앞에 두고 부풀렸어요.

모그도 일찍 일어났어요. 쥐를 잡으려고요. 빵집에서 쥐를 다 쫓아내고 나면, 모그는 따뜻한 불 앞에 앉아 있고 싶었어요. 하지만 존스 할머니가 앉지 못하게 했어요. 화덕 앞에 놓아 둔 팬에서 식빵과 번 빵이 한창 부풀고 있었으니까요.

할머니가 말했어요.

"번 빵에 앉으면 안 돼, 모그."

번 빵은 잘 부풀고 있었어요. 큼직하고 먹음직스럽게요. 이것이 바로 이스트가 하는 일이죠. 이스트가 식빵과 번 빵과 케이크를 부풀려서 빵이 점점 커지는 거예요.

모그는 불가에 앉아 있지 못하게 되자, 싱크대에 가서 놀았어요.

고양이들은 대개 물을 싫어하지만, 모그는 아니었어요. 모그는 물을 정말정말 좋아했어요. 수도꼭지 옆에 앉아 똑똑 떨어지는 물방울을 앞발로 치느라 수염을 흠뻑 적시곤 했죠!

모그가 어떻게 생겼냐고요? 모그는 등과 옆구리, 발목 아래를 뺀 다리 전체, 얼굴과 귀와 꼬리가 모두 주황색이고 줄무늬가 있었어요. 배와 가슴과 발은 흰색이었고요. 꼬리 끝과 귀 가장자리도 흰색이고, 수염도 흰색이었어요. 물에 젖으면 모그의 주황색 털은 마치 여우 털처럼 붉은빛이 돌았고, 발과 가슴의 하얀 털은 말갛게 빛났어요.

존스 할머니가 말했어요.

"모그야, 너무 흥분했어. 한창 잘 부풀고 있는 번 빵에 물이 마구 튀잖니. 차라리 밖에 나가서 놀려무나."

모그는 기분이 상해서 귀와 꼬리를 축 늘어뜨리고 밖으로 나갔어요. (고양이는 기분이 좋으면 귀와 꼬리를 세운답니다.) 밖에서는 비가 억수같이 쏟아지고 있었어요.

마을 한가운데에는 바위가 많고 물살이 세찬 강이 있었어요. 강으로 간 모그는 물에 앉아 물고기를 찾아

보았어요. 하지만 그 부근에는 물고기가 없었죠. 모그는 점점 비에 젖었어요. 그래도 신경 쓰지 않았어요. 그러다가 곧 재채기를 하기 시작했어요.

그때 존스 할머니가 문을 열고 소리쳤어요.

"모그야! 번 빵을 오븐에 넣었다. 이제 들어와서 불가에 앉아도 돼."

흠뻑 젖은 모그는 마치 닦아 놓은 것처럼 반질반질 윤이 났어요. 모그는 불가에 앉아 재채기를 아홉 번이나 했어요.

존스 할머니가 말했어요.

"에구, 모그야, 감기 걸렸니?"

할머니는 수건으로 모그를 닦아 주고, 이스트를 넣은 따끈한 우유를 주었어요. 몸이 안 좋을 때 이스트를 먹으면 기운이 나거든요.

할머니는 모그를 불 앞에 앉혀 놓고 잼 타르트를 만들었어요. 그러고는 타르트를 오븐에 넣고 우산을 쓰고 장을 보러 갔죠.

그런데 모그한테 무슨 일이 일어난 줄 아세요?

모그는 이스트 때문에 몸이 부풀고 있었어요.

아늑하고 따뜻한 불 앞에 앉아 꼬박꼬박 조는 사이에 몸이 점점 커진 거예요.

처음에 모그는 양만큼 커졌어요.

그러더니 당나귀만큼 커졌어요.

그러더니 짐마차를 끄는 말만큼 커졌어요.

그러더니 하마만큼 커졌어요.

이제 모그는 부엌이 비좁을 정도로 커졌어요. 문으로 나가기에는 어림도 없는 덩치였죠. 결국 모그는 벽을 부수고 말았어요.

존스 할머니는 우산을 쓰고 장바구니를 들고 집으로 돌아오다가 비명을 질렀어요.

"세상에, 우리 집이 왜 저래?"

집 전체가 빵빵하게 부풀어 있었어요. 게다가 마구 흔들렸고요. 부엌 창문으로는 커다란 수염이 삐죽 나와 있고, 문밖으로는 주황색 줄무늬 꼬리가 나와 있었어요. 침실 창문으로는 하얀 발이 나와 있고, 다른 창문으로는 가장자리가 하얀 귀 한쪽이 나와 있었죠.

모그가 소리를 냈어요.

"음냐?"

그러면서 잠에서 깨어나 기지개를 쭈욱 켰어요.

이내 집이 폭삭 무너져 버렸죠.

존스 할머니가 소리쳤어요.

"아이고, 모그야! 이게 무슨 짓이야?"

마을 사람들도 무슨 일이 일어났는지 알고 깜짝 놀랐어요. 사람들은 존스 할머니를 읍사무소에서 살게 해 주었어요. 마을 사람들은 존스 할머니를 무척 좋아했거든요. (할머니가 만든 번 빵도요.) 하지만 모그는 어떻게 해야 할지 몰랐어요.

읍장님이 말했어요.

"모그가 계속 커지면 나중에는 읍사무소까지 부수지 않겠습니까? 게다가 사나워지기라도 하면요? 그러니 모그를 여기 두는 건 위험합니다. 모그는 너무 커요."

존스 할머니가 말했어요.

"모그는 착한 고양이예요. 아무도 해치지 않을 거예요."

"두고 봐야 알죠. 모그가 사람을 깔고 앉기라도 하면요? 배가 고프면요? 모그가 먹을 게 뭐가 있겠어요? 모그는 마을을 떠나 산에서 사는 게 좋을 겁니다."

그래서 사람들이 모두 "훠이! 썩 꺼져! 저리 가! 훠이!" 하고 소리쳐서 가엾은 모그를 마을 밖으로 쫓아냈어요. 비는 여전히 억수같이 쏟아지고 있었어요. 산에서 물이 콸콸 흘러내렸어요. 뭐, 모그한테는 별일 아니었지만요.

하지만 가엾은 존스 할머니는 얼마나 슬펐는지 몰라요. 읍사무소에서 식빵과 번 빵을 새로 만드는데, 눈물이 자꾸 쏟아지는 바람에 밀가루 반죽이 너무 짜고 질어져 버렸죠.

모그는 산과 산 사이의 골짜기를 따라 올라갔어요. 이제 모그는 코끼리보다도 더 커졌어요. 거의 고래만 했죠! 산에 있던 양들이 모그를 보고 기겁해서 달아났어요. 하지만 모그는 알아채지 못했어요. 강에서 물고기만 찾고 있었죠. 모그는 물고기를 많이많이 잡았어요! 정말 재미있었답니다.

그때까지도 비는 그칠 줄을 몰랐어요. 문득 골짜기 위쪽에서 우르르 하는 요란한 물소리가 났어요. 어마

어마한 물이 벽처럼 일어나 모그를 향해 달려오고 있었어요. 산에서 흘러내린 빗물이 자꾸자꾸 강으로 쏟아지자, 강물이 넘치기 시작했어요.

모그는 속으로 생각했어요.

'내가 저 물을 막지 않으면, 맛있는 물고기들이 몽땅 떠내려가 버리겠지.'

그래서 모그는 골짜기 한복판에 철퍼덕 주저앉았어요. 다리를 벌리고 앉은 모그의 모습은 꼭 둥글둥글 커다란 빵 덩어리 두 개를 쌓아 놓은 것 같았답니다.

강물은 모그를 지나갈 수 없었어요.

한편 마을 사람들도 우르릉거리는 물소리를 들었어요. 사람들은 겁에 질렸어요.

읍장님이 소리쳤어요.

"물이 마을까지 들어오기 전에 산으로 피합시다. 안 그러면 모두 물에 빠져 죽을 거예요!"

그래서 다들 산으로 몰려갔어요. 골짜기의 왼쪽 산으로 올라간 사람도 있고, 오른쪽 산으로 올라간 사람도 있었어요.

그때 사람들의 눈에 무엇이 보였을까요?

그래요, 모그가 골짜기 한복판에 떡하니 앉아 있었어요. 모그 뒤에는 커다란 호수가 생겨나 있었고요.

읍장님이 말했어요.

"존스 할머니, 고양이가 가만히 있도록 해 주시겠어요? 우리가 골짜기에 댐을 만들어 물을 막을 때까지만 말입니다."

존스 할머니가 말했어요.

"해 볼게요. 모그는 턱 밑을 간질여 주면 가만히 있어요."

그 뒤로 사흘 동안 온 마을 사람들이 돌아가며 갈퀴로 모그의 턱 밑을 간질여 주었어요. 모그는 기분이 좋아서 가르릉가르릉 목을 울렸어요. 모그가 가르릉거릴 때마다 불어난 물로 생겨난 호수에 물결이 크게 일었어요.

그러는 동안 솜씨 좋은 기술자들이 골짜기에 커다란

댐을 세웠어요.

　사람들은 모그에게 온갖 맛있는 것들도 가져다주었
어요. 크림과 연유, 간과 베이컨, 정어리, 초콜릿까지!
하지만 모그는 별로 배가 고프지 않았어요. 물고기를
실컷 잡아먹었거든요.

　사흘째 되던 날, 댐이 완성되었어요. 마을은 이제
안전했어요.

　읍장님이 말했어요.

"이제 모그가 착한 고양이라는 것을 알았어요. 모그는 존스 할머니와 함께 읍사무소에서 살아도 됩니다. 여기 모그에게 달아 줄 배지가 있습니다."

모그는 배지가 달린 은사슬을 목에 걸었어요. 배지에는 '마을을 구한 모그'라는 말이 적혀 있었죠.

그 뒤 모그는 존스 할머니와 읍사무소에서 오래오래 행복하게 살았답니다. 칸모그라는 작은 마을에 가면, 모그가 아침 물고기 사냥을 가려고 길을 건너는 동안 경찰관이 차들을 멈춰 세우는 모습을 볼 수 있을 거예요. 모그의 꼬리가 지붕 위에서 살랑거리고, 수염이 이층 창문을 달각달각 스쳐도, 사람들은 모그가 해를 끼치지 않는다는 걸 알고 있어요. 모그는 착한 고양이니까요.

모그는 호수에서 놀기를 좋아해요. 그러다 홀딱 젖어서 재채기를 할 때도 있지만, 이제 존스 할머니는 모그에게 이스트를 주지 않는답니다.

모그는 이미 커도 너무 크거든요!

하룻밤 묵을 집

옛날에 노래를 부르고 악기를 연주하면서 온 세상을 떠돌던 네 친구가 있었답니다. 네 친구는 자기네를 '위빌스'라고 불렀어요. 제일 나이가 많은 사람은 제노 위빌이었어요. 제노는 그리스 사람이고 치터(평평한 울림통에 30~40줄 가량의 현이 달려 있어, 손으로 치거나 튕겨서 연주하는 악기 – 옮긴이)를 연주했어요. 그다음은 이언 오위빌이었어요. 이언은 아일랜드 사람이고 하프를 탔어요. 그다음은 스피케노 위빌인데, 프랑스 사람이고 트라이앵글을 연주했어요. 마지막으로 가장 어린 사람은 둔누 위빌인데, 인도 사람이고 커다란 북을 쳤죠.

네 친구에게는 고물 차가 있었어요. 넷은 이 차를 타고 정글을 헤치고 사막을 건너고 산을 넘고 골짜기를 지나갔어요. 넷은 어디를 가든 노래를 부르고 연주를 했어요. 그러면 사람들이 먹을 것이나 돈을 주었죠. 차가 워낙 낡아서 걸핏하면 고장이 났지만, 똑똑한 둔누가 어떻게든 다시 가게 할 수 있었어요.

그러던 어느 겨울날이었어요. 네 친구가 인적 없는 시골에서 꽁꽁 얼어붙은 강을 건너가는데, 그만 얼음이 빠지직 깨지는 게 아니겠어요? 차는 차가운 물속으로 스르르 가라앉아, 마침내 완전히 잠기고 말았어요. 네 친구는 치터와 하프와 트라이앵글과 북만 가지고 간신히 빠져나왔어요.

이제 어떡하면 좋죠?

바람이 불고 눈까지 내리는데, 가장 가까운 마을도 한참이나 떨어져 있었어요. 게다가 날도 저물고 있었죠. 하늘이 갈수록 어둑어둑해졌어요.

때마침 강가에 황새 둥지가 있었어요. 마른 갈대와

골풀을 수북이 쌓아 만든 둥지 안에 부드러운 솜깃털이 푹신하게 깔려 있었죠. 둥지는 무척 포근하고 아늑해 보였어요. 하지만 네 친구가 둥지로 다가가자, 황새가 길고 뾰족한 부리를 바짝 치켜들고 소리쳤어요.

"카아아아! 저리 꺼져!"

"제발, 착한 황새야, 따뜻한 둥지에서 하룻밤만 재워 줘. 우리는 너무 춥고, 옷도 다 젖었고, 배도 고파!"

"재워 주면 뭘 해 줄 건데?"

"노래와 연주를 들려줄게."

황새가 말했어요.

"난 그딴 거 필요 없어. 여기 너희 자리는 없어. 어
서 꺼져, 쪼아 버리기 전에."

그래서 네 친구는 발이 푹푹 빠지는 눈밭을 헤치고
언덕을 올라갔어요.

이번에는 곰이 사는 굴이 나왔어요. 갈색 털이 북슬
북슬하고 말만큼 큰 곰이 마른 나뭇잎 위에 편안하게
웅크리고 있었죠. 곰은 네 친구가 다가오는 소리를 듣
고 사납게 으르렁댔어요.

"제발, 착한 곰아, 따뜻한 굴에서 하룻밤만 재워 줘.
우리는 너무 춥고, 옷도 다 젖었고, 배도 고프고, 너무
지쳤어!"

"재워 주면 뭘 해 줄 건데?"

"노래와 연주를 들려줄게."

곰이 말했어요.

"크르르! 어림도 없지! 게다가 너희가 내 호두를 훔

칠지도 모르잖아. 어서 꺼져, 물어뜯어 버리기 전에."

그래서 네 친구는 계속 언덕을 올라갔어요. 날은 점점 어두워지고 있었죠.

이윽고 네 친구는 작은 오두막에 이르렀어요.

제노가 말했어요.

"하느님, 고맙습니다! 이 집에 사는 사람이 누구든, 하룻밤은 재워 주겠지."

그러고는 똑똑 문을 두드렸어요.

그러자 성난 개가 컹컹 짖어 대더니, 자그마한 할아버지가 문을 열었어요. 할아버지는 전혀 반기는 눈치가 아니었어요.

"친절한 할아버지, 제발 따뜻한 집에서 하룻밤만 재워 주세요. 저희는 너무 춥고, 옷도 다 젖었고, 배도 고프고, 피곤하고, 목이 마르답니다."

"재워 주면 뭘 해 줄 건가?"

"노래와 연주를 들려 드리죠."

할아버지가 말했어요.

"내가 그딴 걸 좋아할 것 같아? 나는 침대도 하나, 의자도 하나, 저녁밥으로 삶아 먹을 알도 하나밖에 없어. 자네들을 재워 줄 자리는 없어."

할아버지는 문을 쾅 닫아 버렸어요.

네 친구는 쓸쓸히 발길을 돌렸어요.

오두막 밖에는 우물이 있고, 우물에는 두레박이 걸려 있었어요. 네 친구는 목이 몹시 말랐어요.

"설마 물 한 모금 마시는 것까지 아까워하시지는 않겠지."

이언이 그렇게 말하고는 두레박을 끌어 올렸어요.

"어이구, 엄청 무겁네!"

이언이 막 두레박을 우물 밖으로 끌어 올린 순간, 할아버지의 개가 컹컹 짖으며 달려나와 두레박을 퍽 들이받았어요. 그러자 두레박에서 동그랗고 하얗고 축구공보다 큰 뭔가가 툭 굴러 떨어지는 게 아니겠어요? 언덕 밑으로 곧장 굴러가 버리는 바람에 무엇인지 제대로 볼 틈도 없었어요.

할아버지가 문밖으로 고개를 내밀고 고함쳤어요.

"어서 꺼져! 총 들고 나가기 전에, 내 마당에서 당장 사라져."

그래서 네 친구는 허겁지겁 자리를 떴어요.

이윽고 언덕배기에 이르자, 희한한 광경이 눈에 들어왔어요.

조그만 집이 외다리로 서 있었어요. 다리는 마치 닭 발처럼 노란 비늘로 덮여 있고, 집은 온통 깃털로 뒤덮여 있었죠. 네 친구가 문을 똑똑 두드리자, 자그마한 할머니가 문을 열고 네 친구를 내려다보았어요.

할머니가 말했어요.

"음, 무슨 일인가?"

"인정 많은 할머니, 따뜻한 집에서 하룻밤만 재워 주세요. 저희는 너무 춥고, 옷도 다 젖었고, 배도 고프고, 목도 마르고, 꼴이 말이 아니에요!"

"재워 주면 뭘 해 줄 건데?"

"노래와 연주를 들려 드릴게요."

할머니가 말했어요.

"그 정도로는 안 돼. 우리 집이 오늘 낳은 알을 찾아 줘. 내가 잠든 사이에 누가 훔쳐 가 버렸어. 알을 찾아 주면 하룻밤 재워 주지."

"알이 어떻게 생겼는데요?"

"하얗고 둥근 알인데, 크기는 보름달만 해. 오늘 밤에 삶아 먹으려고 했던 건데."

둔누가 말했어요.

"어디 있는지 알아요! 그 할아버지가 훔쳐서 두레박에 숨겨 놓았던 게 틀림없어. 알은 언덕 밑으로 굴러 갔어요. 저희가 찾아 드릴게요."

네 친구는 왔던 길을 되돌아 재빨리 언덕을 내려갔어요. 할아버지네 집 앞을 지나갈 때 할아버지가 주먹을 마구 흔들어 보였지만, 밖으로 나오지는 않았어요. 달이 뜬 덕분에 알이 언덕 아래로 굴러가며 눈 위에 남긴 자국이 보였어요.

알은 굴러가면서 눈이 묻어 커지고, 커지고, 커지

고, 더 커져서 엄청나게 큰 눈덩이가 되었어요. 눈덩이는 곰의 굴로 굴러 들어가, 곰을 깨우고 호두를 몽땅 깨뜨려 버렸어요. 곰이 화가 나서 눈덩이를 굴 밖으로 집어 던졌을 때, 마침 네 친구가 굴 앞을 지나갔어요.

곰이 으르렁거렸어요.

"네 녀석들 짓이지? 네 녀석들이 눈덩이를 굴려서 내 호두를 깨뜨리고 잠자리를 망가뜨리고 나를 깨웠지? 거기서 꼼짝 마. 내 앞발 맛을 보여 줄 테니까!"

곰이 달려들려 하자, 이언이 재빨리 하프로 굴 입구를 막았어요. 하프의 크기는 굴 입구에 꼭 맞았어요. 곰은 긴 발톱으로 하프 줄을 긁어 댈 수밖에 없었답니다. 아름다운 하프 소리가 울려 퍼지자, 곰은 스르르 눈을 감고 꾸벅꾸벅 졸기 시작했어요.

이언이 속삭였어요.

"쉿! 곰이 곧 다시 잠이 들 거야. 너희는 계속 가. 나는 여기 남아서 곰을 재울 테니까."

그러고는 곰에게 나직이 자장가를 불러 주었어요.

나머지 세 사람은 언덕을 뛰어 내려갔어요.

알이 든 커다란 눈덩이는 계속 언덕을 굴러 내려가, 황새의 둥지를 쾅 들이받았어요. 그 바람에 둥지가 강물에 풍덩 빠지고 말았죠.

황새가 불같이 화를 내며 꽥꽥 소리쳤어요.

"네 녀석들 짓이지? 이 망나니들, 네 녀석들이 눈덩이를 내 둥지로 굴렸지? 거기 꼼짝 말고 있어, 내가 잡으러 갈 테니까!"

황새는 커다란 날개를 활짝 펼치고, 길고 뾰족한 부리로 셋을 겨누며 날아왔어요. 하지만 스피케노가 옆으로 비켜서며 트라이앵글을 내미는 바람에 트라이앵글에 몸이 끼고 말았답니다.

스피케노가 친구들에게 말했어요.

"서둘러! 강가를 따라가며 알을 찾아 봐."

그러고는 황새의 턱 밑을 쓰다듬으며 달콤한 노래를 불러 황새를 진정시켰어요.

나머지 두 친구가 강둑을 따라 뛰어가 보니, 강물에 떠내려가는 황새 둥지 안에 신기하게도 할머니의 알이 있었답니다. 제노가 치터를 내밀고 둔누가 북채를 내밀어, 간신히 둥지를 강둑으로 끌어 올렸어요.

두 사람은 둥지를 있던 자리에 갖다 놓았어요. 그러자 스피케노가 황새를 트라이앵글에서 빼내 주었어요. 황새가 뚱하니 둥지 안으로 들어가더니 둥지를 깨끗이 정돈했어요. 할 일이 많아서, 허둥지둥 언덕을 되올라가는 세 친구에게 눈길도 주지 않았죠. 세 친구가 굴 앞에 와 보니, 곰은 쿨쿨 자고 있었어요. 그래서 이언도 동굴 입구에서 하프를 빼내고 함께 알을 날랐어요. 그런데 언덕을 올라가는 내내 어쩐지 알이 점점 더 무거워지는 것 같았어요.

네 친구가 할아버지네 집 앞을 지날 때, 할아버지는 저녁을 거른 채 잠을 자고 있었어요.

마침내 네 친구는 할머니의 노란 외다리 집 앞에 와서 문을 똑똑 두드렸어요.

할머니가 내다보았어요.

"그래, 알은 찾았어?"

"네, 여기 있어요!"

할머니가 물었어요.

"아, 그런데 혹시 금이 가지 않았나? 내가 볼 수 있게 눈 좀 털어 내 봐."

눈을 털어 내 보니, 정말로 알에 커다란 금이 가 있었어요. 네 친구가 보는 동안에도 찌익찌익 금이 가더니, 반으로 쩍 갈라졌어요. 그러더니 알에서 할머니의 집과 똑같은 외다리 집 한 채가 폴짝 뛰어나오지 않겠어요?

"저녁밥으로 먹긴 글렀군."

할머니는 그렇게 말하고는 자기 집으로 들어가 버렸어요.

"할머니, 하룻밤 재워 주신댔잖아요!"

"뭐라는 거야? 집 한 채를 통째로 손에 넣고는."

할머니가 이렇게 대꾸하고는 문을 쾅 닫았어요.

네 친구는 너무나 기뻐서 노래를 부르고 악기를 연주했어요. 그러자 작은 집도 외다리로 폴짝폴짝 춤을 추었죠. 이윽고 네 친구는 집 안으로 들어가 잠을 잤어요.

이튿날, 외다리집은 네 친구를 껑충껑충 쫓아다녔어요. 산과 골짜기와 들판을 지나, 네 친구가 가는 곳이라면 어디든지요.

조각보 이불

머나먼 북쪽에, 한 해에 삼백 일 동안 눈이 내리고 나무라고는 크리스마스트리만 자라는 나라가 있었어요. 이 나라에 조각보를 만드는 할머니가 살고 있었죠. 할머니의 이름은 누트였어요. 누트 할머니한테는 조그마한 세모꼴 헝겊 조각이 무지무지 많았어요. 상자 가득, 바구니 가득, 가방 가득, 보따리 가득, 빨주노초파남보 온갖 빛깔의 헝겊이 가득 들어 있었어요. 빨간 헝겊, 파란 헝겊, 분홍 헝겊, 금빛 헝겊도 있었어요. 꽃무늬 헝겊도 있고, 무늬가 없는 헝겊도 있었어요.

누트 할머니는 헝겊 열두 조각을 꿰매 별 모양을 만

들었어요. 그런 다음 그 별들을 한데 꿰매 더 큰 별을 만들었죠. 그리고 또 그 별들을 한데 꿰맸어요. 금실, 은실, 하얀 실과 까만 실로요.

대체 무엇을 만들고 있을까요?

어린 손자 닐스가 덮고 잘 조각보 이불을 만들고 있었답니다. 이불은 거의 다 되어 가고 있었어요. 마지막 별 하나만 꿰매고 나면, 꼬마 닐스는 북쪽 나라에서, 아니 어쩌면 온 세상에서 가장 크고 가장 화사하고 가장 따뜻하고 가장 아름다운 조각보 이불을 갖게 될 거예요.

할머니가 바느질을 하면, 꼬마 닐스는 할머니 곁에 앉아 바늘이 색색의 헝겊 조각을 넘나들며 조그만 바늘땀을 만들어 가는 것을 지켜보았어요.

그러다 한번씩 물어보았죠.

"할머니, 다 돼 가요?"

그렇게 일 년 동안 날마다 할머니에게 물었어요. 그때마다 할머니는 이렇게 노래했어요.

"달님아, 촛불아
　나를 비추어 다오.
　난로의 불꽃아
　환하게 타올라라.

바늘아, 훨훨 날아라
실아, 쌩쌩 달려라
마침내 조각보 이불이
다 만들어질 때까지.

세상에 둘도 없는
멋진 조각보 이불,
천 개의 별로 만든
멋진 조각보 이불!"

이 노래는 바느질이 빨라지게 해 주는 마법의 노래
였어요. 할머니가 이 노래를 부를 때면, 꼬마 닐스는
가만히 의자에 앉아 화사한 조각보 이불을 살며시 쓰
다듬곤 했어요. 난롯불도 타닥거리지 않고 귀를 기울
이고, 바람도 숨을 죽였답니다.

이제 조각보 이불이 거의 다 되었어요.

닐스의 생일이 되기 전에는 완성될 거예요.

머나먼 남쪽, 그러니까 할머니의 오두막에서 남쪽으로 아주 멀리 떨어진 곳에 풀 한 포기 자라지 않고 비가 삼 년에 한 번만 오는 덥고 가문 나라가 있었어요. 이 나라의 사막에 한 마법사가 살고 있었죠. 마법사의 이름은 알리 베그였어요.

알리 베그는 게으르기 짝이 없었어요. 낮에는 온종일 마법의 양탄자에 누워 잠만 잤어요. 양탄자 주위에 낙타 열두 마리를 빙 둘러 세워 그늘을 만들어 놓고요. 밤이 되면 알리 베그는 양탄자를 타고 날아다녔어요. 하지만 밤에도 가엾은 낙타들은 앉아서 쉴 수가 없었답니다. 저마다 초록빛 등이 달린 목걸이를 하고서, 네모꼴로 서 있어야 했거든요. 알리 베그가 어둠 속에서 집으로 돌아올 때 어디에 내려야 할지 알 수 있도록 말이에요.

가엾은 낙타들은 지칠 대로 지친 데다 먹을 것도 늘 변변찮아 배가 몹시 고팠어요.

알리 베그는 낙타들만 못살게 구는 것이 아니라 도

둑질까지 했어요. 알리 베그가 갖고 있는 것은 모조리 훔친 것이었답니다. 입고 있는 옷, 마법의 양탄자, 낙타, 심지어 낙타들이 목에 걸고 있는 초록 등까지도요. (원래 이 등은 신호등이었어요. 알리 베그가 어느 날 하늘을 날다가 베이루트에서 훔친 거예요. 그 바람에 베이루트 시내의 교통이 마비되기도 했답니다.)

알리 베그는 마법의 눈이 든 상자를 갖고 있었어요. 온 세상의 아름다운 물건을 모두 보여 주는 눈이었지요. 알리 베그는 밤마다 마법의 눈을 들여다보며 새로 훔칠 만한 것을 골랐어요.

어느 날 알리 베그가 쿨쿨 자고 있을 때, 가장 나이 많은 낙타가 말했어요.

"배가 고파서 쓰러지겠어. 뭐라도 먹어야겠어."

가장 어린 낙타가 말했어요.

"풀이 없으니까 양탄자를 먹어요."

그래서 낙타들은 양탄자 귀퉁이를 뜯어 먹기 시작했어요. 양탄자는 두툼하면서도 연하고 부드러웠어요.

낙타들은 우물우물, 와작와작 양탄자를 먹어 치웠어요. 알리 베그가 깔고 누운 자리만 달랑 남겨 놓고요.

잠에서 깬 알리 베그는 몹시 화를 냈어요.

"못된 낙타 놈들! 내 양탄자를 망가뜨리다니! 어디, 양산으로 맞아 봐라. 앞으로 일 년 동안 먹을 것도 없을 줄 알아. 귀찮게 양탄자를 다시 구해야 하잖아."

알리 베그는 양산으로 낙타들을 흠씬 두들겨 패고 나서, 상자에서 마법의 눈을 꺼냈어요.

알리 베그가 마법의 눈에게 말했어요.

"마법의 눈아,
 양탄자를 찾아 다오.
 나를 멀리멀리 데려다주고
 높이높이 날게 해 줄 양탄자를."

그러고 나서 알리 베그는 마법의 눈을 들여다보았어요. 마법의 눈이 깜깜해졌다가 다시 환해졌어요.

마법의 눈이 보여 준 것은 바로 누트 할머니네 오두 막의 부엌이었어요. 할머니는 부엌의 커다란 난롯가에 앉아 아름다운 조각보 이불을 만들고 있었죠.

알리 베그가 말했어요.

"아하! 저건 마법의 조각보 이불이다. 바로 나를 위 한 거지."

알리 베그는 낙타들이 뜯어 먹고 남은 양탄자에 올 라탔어요. 남아 있는 부분이 워낙 작다 보니, 말을 탈 때처럼 다리를 쩍 벌리고 앉아야 했죠.

"날 데려다 다오, 양탄자야.
어서 빨리 데려다 다오.
불타는 태양을 가로질러
세찬 겨울바람을 헤치고

미끄러지지 말고
기울어지지 말고

곧장 데려다 다오,

마법의 조각보 이불에게로."

　양탄자 조각은 마법사를 태우고 공중으로 떠올랐어
요. 하지만 너무 작아서 빨리 날아가지 못했어요. 사
실 기어간다고 할 만큼 느렸어요. 그 탓에 알리 베그
는 뜨거운 햇볕에 새까맣게 그을고 말았죠. 그러다 누
트 할머니가 사는 추운 북쪽 나라에 이르렀을 때는 온
몸이 꽁꽁 얼고 말았답니다.

　어느덧 밤이 되었어요. 양탄자는 갈수록 꾸물꾸물,
꾸물꾸물 느려지고 갈수록 아래로, 아래로 떨어졌어
요. 결국에는 어느 산꼭대기에 털썩 내려앉고 말았죠.
지칠 대로 지친 거예요. 알리 베그는 씩씩거리며 양탄
자에서 내려서는, 걸어서 산 아래에 있는 누트 할머니
네 집으로 갔어요.

　그리고는 창문을 들여다보았어요.

　꼬마 닐스는 침대에 누워 곤히 자고 있었어요. 내일

이면 닐스의 생일이에요.

누트 할머니는 조각보 이불을 마무리하느라 밤늦게까지 깨어 있었어요. 이제 별 하나만 꿰매면 끝이에요. 그런데 할머니가 바늘을 별 조각에 꽂아 넣다가 의자에 앉은 채 깜빡 잠이 들었지 뭐예요?

알리 베그는 가만가만 문의 빗장을 풀었어요.

그러고는 살금살금 집 안으로 들어갔지요.

알리 베그는 누트 할머니가 깨지 않도록 조심조심, 살살 조각보 이불을 잡아당겼어요. 빨강, 파랑, 초록, 보라, 분홍빛과 금빛이 어우러진 아름다운 조각보 이불을요. 이불에는 바늘이 꽂혀 있었지만, 알리 베그는 눈치 채지 못했어요. 그동안 누트 할머니는 계속 잠들어 있었어요.

알리 베그는 조각보 이불을 들고 살금살금 집에서 빠져 나왔어요.

그러고는 눈 위에 조각보 이불을 펼쳐 놓았어요. 달빛 속에서도 조각보 이불은 오색찬란하게 빛났어요.

알리 베그는 조각보 이불에 앉아 이렇게 말했어요.

"산과 골짜기를 지나
 숲과 파도를 넘어
 무사히 데려다 다오,
 집으로 데려다 다오!"

누트 할머니가 노래를 부르며 한 땀, 한 땀 바느질해
만든 조각보 이불에는 마법이 가득 깃들어 있었어요.
조각보 이불은 마법의 양탄자보다도 훨씬 좋았답니다.
조각보 이불은 알리 베그를 태우고 공중으로 떠올라,
더운 남쪽 나라로 날아갔어요.

누트 할머니는 잠에서 깨어나 아름다운 조각보 이불
이 사라진 것을 알고 꼬마 닐스와 함께 이곳저곳 샅샅
이 찾아보았어요. 조각보 이불은 부엌에도, 나뭇간에
도, 숲속에도, 어디에도 없었어요.

꼬마 닐스는 생일인데도 온종일 울기만 했답니다.

사막으로 돌아온 알리 베그는 조각보 이불을 깔고 잠을 잤어요. 낙타들은 주위에 둘러서서 그늘을 만들어 주었고요.

그때 가장 어린 낙타가 말했어요.

"쭉 생각해 봤는데요, 이 악당이 보드라운 조각보 이불에서 쿨쿨 자는 동안 도대체 왜 우리가 해를 가려 줘야 하죠? 이 악당을 모래밭으로 굴려 버리고, 우리가 조각보 이불에 타요. 알리 베그를 두고 우리끼리 떠나는 거예요."

그래서 낙타 세 마리가 이빨로 옷자락을 물고 알리 베그를 조각보 이불에서 끌어냈어요. 그러고 나서 낙타들은 조각보 이불 한복판에 나 있는 별 모양의 구멍 주위에 둘러앉았어요. (다행히도 조각보 이불은 아주 아주 컸답니다.)

가장 나이 많은 낙타가 말했어요.

"아름다운 조각보 이불아

화려하고 멋진 이불아

우리를 데려다 다오,

네가 태어난 땅으로."

말이 끝나기가 무섭게 조각보 이불이 낙타들을 모두 태운 채 공중으로 떠올랐어요.

바로 그 순간, 알리 베그가 깨어났어요. 낙타들이 자기 머리 위로 떠오르는 것을 보고, 알리 베그는 화가 나서 소리를 꽥꽥 지르며 조각보 이불을 붙들려고 펄쩍 뛰었어요. 그리고 손가락으로 별 모양의 구멍을 간신히 움켜쥐었죠.

조각보 이불은 알리 베그를 대롱대롱 매달고 날아갔어요.

가장 어린 낙타가 말했어요.

"알리 베그를 떨어뜨려요. 이 악당 때문에 너무 무거워졌어요."

그래서 낙타들은 모두 쿵쿵, 쾅쾅, 풀쩍풀쩍 뛰었어요. 부딪치고 흔들고, 미끄러지고 기울어지고 휙휙 핵핵 몸을 움직였어요. 그 바람에 누트 할머니가 헝겊 조각에 꽂아 둔 바늘이 알리 베그의 손가락을 찔렀어요. 알리 베그는 비명을 지르며 손을 놓았어요. 그리고 아래로, 아래로, 아래로, 아래로 떨어져 바다에 풍

덩 빠지고 말았어요.

그것이 알리 베그의 마지막이었답니다.

조각보 이불은 낙타들을 태우고 계속 날아갔어요. 베이루트를 지나갈 때 낙타들은 열두 개의 초록 신호등을 떨어뜨렸어요.

마침내 조각보 이불이 누트 할머니의 집 앞에 내려앉자, 닐스가 뛰어나오며 소리쳤어요.

"할머니! 이리 나와 보세요! 조각보 이불이 돌아왔어요! 생일 선물로 낙타를 열두 마리나 싣고 왔어요."

누트 할머니가 말했어요.

"아이고, 낙타들한테 옷을 만들어 줘야겠구나. 애들한테는 여기가 너무 추울 거야."

할머니는 낙타들에게 예쁜 조각보 옷을 만들어 주고, 따끈한 죽을 듬뿍듬뿍 퍼 주었어요. 낙타들은 이렇게 인정 많은 집에서 살게 되어 너무너무 행복했답니다.

누트 할머니는 조각보 이불에 마지막 별을 꿰매 넣

은 다음 닐스의 침대에 펴 주었어요.

"닐스야, 이제 잘 시간이다!"

닐스는 침대로 뛰어 올라가, 뿌듯한 마음으로 아름다운 조각보 이불을 덮었어요. 그리고 눕자마자 바로 잠이 들었죠. 그날 밤부터 닐스는 날이면 날마다 멋진 꿈을 꾸었고, 할머니는 왼쪽에 낙타 여섯 마리, 오른쪽에 낙타 여섯 마리를 거느리고 활활 타오르는 난롯불 앞에 앉아 있었답니다.

모든 어린이의 책꽂이에 있어야 할 책

"밀가루 반죽을 밀던 할머니가 하늘을 올려다보는 바람에 하늘 한 귀퉁이가 밀방망이에 끼어 파이 속으로 들어간다. 이 파이가 결국 손님들을 잔뜩 태우고 온 세상을 날아다니게 된다니, 이보다 더 엉뚱하고 재미난 생각이 또 어디 있을까?"

영국 문학 평론가 줄리아 에클셰어는 《빗방울 목걸이》를 두고 이렇게 이야기합니다. 그리고 "이토록 엉뚱하고 있을 법하지 않은 일을 매혹적이고 그럴 법한 일로 보이게 만드는 능력은 보기 드문 재능"이라고 찬사를 보냅니다.

〈하늘이 들어간 파이〉라는 기발한 이야기부터 목에 걸고 있으면 세찬 폭풍우 속에서도 젖지 않는 〈빗방울 목걸이〉, 이스트를 먹고 몸이 빵처럼 부풀어 오르는 〈빵집 고양이〉, 깔개에 앉으면 저도 모르게 누군가의 소원을 들어주게 되는 〈깔개에 앉은 고양이〉에 이르기까지, 작가는 독자의 호기심을 불러일으키는 놀라운 상상력으로 독자들을 미

처 눈치챌 틈도 없이 매혹적인 이야기의 세계로 끌어들입니다. 작가가 창조하는 세계가 빠르게 모습을 드러내면서 어디서도 들어 본 적 없는 별난 이야기들이 "이상하게 친숙하게 느껴"지는가 하면, 거꾸로 어디서 들어본 듯한 이야기가 "꼭 이 세상의 것이 아닌 듯하게" 느껴지게 하면서 말이죠. 덕분에 이 책은 "마법으로 가득하다"(《데일리 텔레그래프》)는 평을 얻었습니다.

이와 같은 판타지가 가능한 것은 이야기가 진행됨에 따라 새로운 상상의 세계가 점점 구체성을 띠고 실제처럼 뚜렷하게 다가오기 때문일 것입니다. 그러나 이보다 더 근원적인 까닭은 이 판타지의 바탕에 굳건히 자리 잡고 있는 이야기의 규칙 덕분입니다. 우리가 익히 알고 있는, 오랜 세월에 걸쳐 형성되고 다듬어진 전통적인 옛이야기의 구조와 요소들이 작품 전반을 관통하며 비현실적이고 환상적인 이야기가 자유롭게 노닐도록 중심을 잡아 줍니다. 덕분에 존 에이킨은 상상력이 "끝도 없이 넘쳐나서 다른 작가였다면 몇 주 만에 파산할 정도의 아이디어를 이야기에 쏟아"부으며(존 로 타운젠드) 자기만의 독창적인 세계와 색채를 창조해낼 수 있었습니다. 다시 말해 익숙한 이야기 구조와 요소들 덕분에 독자들이 자연스럽게 이야기 속으로 들어오면, 존 에이킨은 별안간 이야기의 방향을 틀어 놀라운 도약과 상상의 세계로 우리를 데려갑니다. 그것도 매우 유쾌하고 경쾌하게!

이 단순하고 급속한 전환과 전개 덕분에 이야기 속 판타지의 힘은 더 강력해집니다. 이야기는 단순한 반복과 점층을 거듭하며 점점 힘이 쌓여 그 축적된 에너지 때문에 곧 뭔가 폭발할 것 같은 순간을 맞습니다. 고양이 모그가 이스트를 먹고 몸이 빵빵하게 부풀어 올라 양만큼, 당나귀만큼, 말만큼, 하마만큼, 코끼리만큼 커지는 〈빵집 고양이〉 이야기가 그렇고, 하늘 한 조각이 들어가 둥실둥실 떠오른 파이를 붙잡기 위해 할머니, 할아버지, 고양이, 비행사, 산양, 고향이 그리운 코끼리까지 파이에 올라타는 〈하늘이 들어간 파이〉 이야기가 그렇습니다.

그리고 이 축적된 힘은 마침내 옛이야기의 보편 주제인 '권선징악'이라는 울타리에서 모순의 해결 지점인 절정을 향해 나아갑니다. 코끼리보다 더 커진 〈빵집 고양이〉의 모그는 줄기차게 내린 비 때문에 마을에 홍수가 나기 직전에 (고양이답게 물고기가 빗물에 떠내려가지 않도록) 골짜기 한복판에 주저앉아 홍수를 막아 주게 되고, 〈하늘이 들어간 파이〉의 파이는 마침내 바다 위에 내려앉아 모두가 함께 살아갈 수 있는 훌륭한 섬이 되죠.

여행을 꿈꾸며 사막의 기차역을 지키는 세 철도원 이야기를 다룬 수작 〈여행을 떠난 세 사람〉도 "평범함과 경이로움 사이에서 아름답게 균형을 잡"으며 시적인 반복을 통해 작가가 전하고자 하는 메시지를 신비롭게 들려줍니다. 왜 이 책을 두고 "이야기 한 편, 한 편이 폭죽처럼 놀라움으로 가득 차 있다"고(줄리아 에클셰어) 이야기하는지 고개가 끄덕여집니다.

무엇보다 마음에 와닿는 것은 이 이야기들 속에 깃든 선의와 다정함입니다. 이 책에 실린 이야기들은 대부분 착하고 가난한 주인공들이 잘 되고 악을 응징하는 것으로 끝나는데, 그 형태가 매우 유쾌하고 따뜻한 느낌을 줍니다. 너무 가난해서 고물 버스에서 살던 에마와 루 이모는 심술쟁이 과수원 주인 때문에 버스와 함께 하늘로 날아가지만 오히려 그 덕분에 하늘에서 구름 위를 거닐며 살게 되고, 하늘 조각이 들어간 파이가 자신의 마을로 내려올까 봐 '착륙 금지' 팻말을 붙인 섬 사람들 때문에 바다 위에 착륙한 파이는 멋진 섬이 되어 모두 함께 사는 낙원 으로 거듭납니다. 빗방울 목걸이를 잃어버린 로라를 위해 물고기, 새, 생쥐 등 로라에게 도움을 받았던 모두가 하나같이 로라를 돕겠다고 나섰고, 이들과 공주님의 친절한 마음씨 덕분에 로라는 목걸이를 되찾고 오랜 가뭄에 시름하던 왕국의 임금님과 공주님까지 구해 주고요.

로라는 말합니다.

"목걸이를 찾아서 기뻐. 하지만 친구가 많이 생겨서 훨씬 더 기뻐."

빗방울 목걸이를 훔쳐 로라를 곤경에 빠뜨린 메그조차 그 벌로 지옥 에 떨어진다거나 먼 곳으로 날려가진 않죠. 그 대신 북풍의 노여움을 사 지붕이 날아가는 바람에 비에 쫄딱 젖고 맙니다! 1968년에 발표된 이 책이 오늘날까지도 많은 이들의 가슴에서 살고 있는 까닭은, 어떤 어려움 속에서도 선에 대한 믿음을 잃지 않고 착하고 힘없는 존재들 이 잘 되기를 바라는 우리 마음을 닮은 이야기이기 때문이 아닐까요.

여기에 실린 여덟 편의 이야기가 여러분, 특히 괴롭거나 슬프거나 힘든 일을 겪고 있는 어린이들의 마음을 밝고 가볍게, 그리고 따뜻하 게 해 주었으면 좋겠습니다.

* * *

　"이야기의 마법사"로 불리는 작가 존 에이킨(1924~2004)은 영국 이스트서식스 주 라이에서 태어나 변화무쌍한 자연과 수많은 책들, 그리고 작가인 가족들에 둘러싸여 자랐습니다. 아버지는 퓰리처상을 수상한 미국 시인 콘래드 에이킨이고, 새아버지도 작가여서 집안에 언제나 책이 가득했다고 합니다. 책 읽기를 무척 좋아했던 존 에이킨은 이런 환경 덕분에 다섯 살 때부터 직접 이야기를 쓸 만큼 글쓰기에 탁월한 재능을 보였습니다. 존은 어른이 되어서도 잡지사 기자, 광고 카피라이터 등 글을 쓰는 일을 했는데, 제2차 세계대전으로 고통스러웠던 시절에도 첫 단편집《당신이 유일하게 원했던 것 All You've Ever Wanted》를 펴냈습니다. 결혼과 출산에 뒤이은 남편의 사망으로 혼자서 가족을 돌봐야 했던 힘겨운 시절에도 글쓰기에 의지하여 그 암울한 시기를 헤쳐 나왔습니다.

　존 에이킨은 1955년에서 1960년 사이《아거시》를 비롯한 여러 잡지에 단편을 게재했는데, 이 시기에 첫 어린이 이야기 모음집 두 편을 출간했습니다. 그리고 어린이 장편 소설도 집필하기 시작하여, 1962년 최고 인기작 중 하나인《윌러비 언덕의 늑대들》을 시작으로 '늑대 연대기'를 내놓아 절찬을 받았습니다. 잇달아《속삭이는 산 The Whispering Mountain》(1968)으로 가디언상을 수상하고, 1972년에 발표한《해거름 Night Fall》으로 에드거 앨런 포 청소년문학상을 수

상했습니다. 1999년에는 어린이문학에 기여한 공로로 대영 제국 훈장
(MBE)을 받은 존 에이킨은 2004년 일흔아홉의 나이로 세상을 떠나기
전까지 100권이 넘는 명작을 발표하여 "20세기의 고전 작가 가운데
한 사람"으로 인정받았습니다. 존 에이킨의 홈페이지는 그녀의 문학과
삶에 대해 다음과 같은 글로 추앙하고 있습니다.

"존 에이킨은 이야기의 세계에서 살았고, 그의 가장 큰 기쁨은 이야
기를 나누는 것이었다."

시와 극본까지 모든 장르의 글을 썼지만 특히 단편에 탁월한 재능
이 있었던 에이킨은 1968년에 요정 이야기를 다룬 《빗방울 목걸이》와
1971년에 민담 모음집인 《바다 속 왕국》을 발표하여 판타지의 즐거움
을 보여 주었습니다. 그 중 《빗방울 목걸이》는 "미국의 어린이 독자들
을 위해 목록에 있는 단 200개의 단어로만 글을 써 줄 수 있느냐"는 요
청을 받고 세상에 내놓은 작품으로, "존의 가장 독창적인 이야기들 가
운데 하나이자 아티스트 얀 피엔코프스키와의 무척 생산적인 협업의
시작"이었던 기념비적인 책입니다.

《타임스 리터러리 서플리먼트》는 이 책에 대해 특별히 한 가지 찬사
를 덧붙였습니다.

"글을 읽을 때 귀가 즐거운 것만큼이나 얀 피엔코프스키의 그림을
보는 눈도 즐겁다."

상징적인 실루엣과 눈부신 색채로 상상력의 불꽃을 일으키는 얀 피
엔코프스키의 그림은 이야기 너머의 세계를 섬세하게 포착하여 작가

가 창조한 세계에 신비로움을 더합니다. 그 자체로 마법 같은 얀의 그림들은 겉으로는 멈추어 있는 것처럼 보이지만, 사실은 종이 너머에서 온갖 일들을 벌이고 있을 것만 같습니다. 이 책에 실린 단편 〈선반 위의 꼬마 요정〉처럼 말이죠.

폴란드 바르샤바에서 태어난 얀 피엔코프스키(1936~2022)는 여덟 살 때 처음 책을 만들었다고 합니다. 그 뒤로 디자인 분야에서 뛰어난 실력을 발휘한 얀은 TV 프로그램과 극장, 연하장이며 벽지 디자인에 이르기까지 다양한 영역을 넘나들며 이름을 날렸고, 영국 학교에서 어린이들과 함께 100점이 넘는 벽화를 그리기도 했습니다.

얀은 존 에이킨과 함께 여러 차례 함께 작업했는데, 이 책 《빗방울 목걸이》(1968)는 두 사람의 멋진 협업으로 일구어낸 첫 번째 책입니다. 여기서 첫 선을 보인 실루엣 그림은 당시 큰 화제를 불러 일으켰지요. 그리고 실루엣 그림의 두 번째 책 《바다 속 왕국》으로 케이트 그리너웨이 상을 받았습니다. 수많은 명작으로 독자들의 눈과 마음을 즐겁게 해 주었던 얀은 《유령의 집 Haunted House》(1979)으로 다시 한번 케이트 그리너웨이 상을 수상하면서 자신의 예술성을 입증했습니다. 얀은 그림책 작가들의 작가로도 유명합니다. 특히 《나도 사자야!》로 잘 알려진 에드 비어는 자신의 그림책에 얀에게 바치는 헌사를 쓰기도 했습니다.

2019년 얀 피에코프스키가 북트러스트 평생 공로상 수상자로 선정되었을 때, 북트러스트의 대표 다이애나 제럴드는 폴란드의 전통 공예인 종이 오리기와 실루엣 그림으로 이루어진 얀의 작업이 오랜 시간 수많은 어린이들에게 즐거움과 영감을 주었다며, "그는 어린이의 마음을 열고 세상을 이해하게 돕는 책의 힘을 진정으로 이해하고 있었습니다. 얀이 남긴 수많은 작품을 통해, 그는 어린이와 어른 모두의 마음속에 살아 있을 것입니다."라고 이야기했습니다.

단순하기에 더욱 신비롭고 깊이를 더하는 실루엣 그림과 거기에 더해진 대담하고 비범한 색채. 폴란드의 전통이 묻어나는 얀 피에코프스키의 작품은 "다채롭고 꿈결 같은 특성을 지닌 멋진 등장인물과 아이디어가 가득"한 책, 《빗방울 목걸이》를 더욱 신비로운 마법의 세계로 이끌고 있습니다.

《더 타임스》에서 어맨다 크레이그는 말합니다.

"《빗방울 목걸이》는 모든 어린이의 책꽂이에 있어야 할 책이다."

2024년 12월

어린이문학가 강 무 홍